스님의 생각

정법안 글 | 최갑수 사진

마음속에 지혜의 등불을 밝혀
삶이 환히 빛나시길.

님께

드림

스님의 생각

2016년 5월 16일 초판 1쇄 | 2016년 6월 7일 초판 5쇄 발행
지은이 · 정법안 | 사진 · 최갑수

펴낸이 · 김상현, 최세현
책임편집 · 손현미 | 디자인 · 김애숙

마케팅 · 권금숙, 김명래, 양봉호, 최의범, 임인옥, 조히라
경영지원 · 김현우, 강신우 | 해외기획 · 우정민
펴낸곳 · (주) 쌤앤파커스 | 출판신고 · 2006년 9월 25일 제406-2012-000063호
주소 · 경기도 파주시 회동길 174 파주출판도시
전화 · 031-960-4800 | 팩스 · 031-960-4806 | 이메일 · info@smpk.kr

ⓒ정법안(저작권자와 맺은 특약에 따라 검인을 생략합니다)
ISBN 978-89-6570-337-2 (03810)

쌤앤파커스(Sam&Parkers)는 독자 여러분의 책에 관한 아이디어와 원고 투고를 설레는 마음으로 기다리고 있습니다. 책으로 엮기를 원하는 아이디어가 있으신 분은 이메일 book@smpk.kr로 간단한 개요와 취지, 연락처 등을 보내주세요. 머뭇거리지 말고 문을 두드리세요. 길이 열립니다.

내 인생의 주인을 찾는
마음공부

몇 해 전 이른 봄날, 서울의 어느 허름한 식당에서 술을 마실 때였습니다. 한 일간지 문화부장이 전화를 걸어 원고를 청탁했습니다. 법정 스님이 열반하셨으니 급히 '열반기'를 써달라고 말입니다. 그 순간 깊은 슬픔에 빠져서 새벽까지 먹먹한 심정으로 기사를 썼던 기억이 지금도 생생합니다.

한세상 살다 보면 좋은 일, 나쁜 일, 슬픈 일, 기쁜 일 등 실로 많은 일을 겪습니다. 우리는 이를 두고 '희로애락'이라고 합니다. 희로애락을 반복하는 삶이 바로 윤회입니다. 마음이 중심을 잃고 방황할 때, 타인과 관계에서 상처 받을 때, 나란 존재가 한없이 초라하게 느껴질 때, 그런 삶의 고비에 힘을 주는 스승이 있다면 얼마나 좋을까요. 이 책은 그런 스승을 찾는 분들에게 나눠드리는 제 인생의 소중한 경험입니다.

청년 시절 저는 우연인 듯 운명인 듯 불가와 처음 인연을 맺었습니다. 그 후 30여 년, 이 시대의 큰스님들을 두루 만나 귀한 가르침을 얻었습니다. 지금 생각해도 크나큰 행운이 아닐 수 없습니다. 인생무상을 말해주듯 그때 친견했던 큰스님들은 대부분 열반하셨고, 행자나 사미였던 스님들은 오늘날 불교계의 큰 어른이 되셨습니다. 여러 스님들을 직접 만나서 들은 일화와 법문을 저 혼자 간직하기에는 그 가르침이 너무 컸습니다. 가히 천만금을 주고도 살 수 없는 인생의 진한 교훈이었습니다.

성철 스님, 혜월 스님, 효봉 스님, 청담 스님, 고산 스님 등 당대 큰스님들의 일화는 놀랍고 감동적이며 때론 웃음을 자아냅니다. 영하의 날씨에 졸음을 이기기 위해 찬물이 담긴 항아리에 몸을 담근 춘성 스님, 죽을 고생하고 삼천배를 마친 신도에게 촌철살인의 한마디를 던진 성철 스님 등 여러 어른들의 일화가 죽비처럼 우리를 일깨웁니다.

이 책은 우리가 세상을 어떻게 살아가야 하는지 인생의 분명한 길을 보여줍니다. 명예가 있다고, 아는 것이 많다고, 돈이 많다고 행복한 것은 아닙니다. 마음이 행복한 사람이 진정 행복한 사람입니다. 명예와 권력, 재산과 지식은 티끌에 지나지 않습니다. 그보다 가치 있는 것은 마음의 깨달음입니다. 흔들리는 세상에 불안한 마음을 다잡아줄 지혜가 필요한 이유입니다.

이 책을 읽고 세상을 살면서 경험하지 못한 삶의 진한 감동을 느껴보시기 바랍니다. 한평생 구도의 길을 걸어온 큰스님들의 지혜와 통찰이 막막한 인생에 등불이 되어주리라 믿습니다. 제가 그랬듯이 여러분도 스님들의 생각 속에서 삶의 명징한 답을 얻기 바랍니다.

2016년 4월
정법안

들어가며

내 인생의 주인을 찾는 마음공부 · 7

1부 지나간 것은 이미 지나간 일

2부 있는 그대로 바라보기

3부 너를 힘들게 한 것이 무엇이냐?

4부 네 마음의 주인이 누구냐?

1부
—
지나간 것은
이미 지나간 일

초대하지 않았어도
인생은 저 세상으로부터 찾아왔고
허락하지 않아도 이 세상으로부터 떠나간다.
찾아왔던 것처럼 떠나가는데
거기에 어떠한 탄식이 있을 수 있는가.

《본생담》

밥그릇 비우듯
마음을 비워라 _월서 스님

어느 날, 월서 스님이 어린 제자와 함께 아침 공양을 했습니다.

"너 하루에 밥그릇 몇 개 비우니?"

큰스님의 뜬금없는 물음에 제자는 엉겁결에 대답했습니다.

"하루에 세 그릇을 비웁니다."

큰스님이 웃었습니다.

"그래, 너는 무슨 일을 한다고 밥을 세 그릇씩이나 비우니?"

"배가 자꾸 고파지니 어쩝니까?"

"내가 보기에 하루 한 끼만 먹어도 산다."

"스님, 저는 그렇게 먹고 못 삽니다."

큰스님이 다시 말씀하셨습니다.

"먹고 배설하는 것처럼 남에게 베풀면 행복해지는데, 돼지처럼 먹기만 하니 세상이 힘든 거야. 너라도 적게 먹어야지."

제자가 웃으면서 말했습니다.

"네, 스님. 하루 한 끼만 먹겠습니다."

"네 나이에 한 끼만 먹으면 안 된다. 실컷 먹어라. 그리고 밥그릇 비우듯이 마음을 비우고 살아야 한다."

부자보다 형편이 넉넉지 못한 사람이
많이 기부한다고 합니다.
힘든 일을 겪어본 사람이
남의 어려움을 잘 알기 때문이지요.
세상이 함께 행복하려면
내 배를 채우는 데 급급해서는 안 됩니다.

날마다 좋은 날 _운문 선사

운문 선사가 제자들에게 물었습니다.

"지나간 것은 지나간 일이니 그대로 묻어두는 것이 좋다. 보름 전의 일은 묻지 않을 테니 보름 이후에는 어떻게 하겠느냐?"

아무도 대답하지 못하자, 운문 선사가 말씀하셨습니다.

"날마다 좋은 날이로다."

오늘 하루는
모든 사람에게 주어진 좋은 날입니다.
이렇게 좋은 날도
스스로 만드는 사람에게 찾아옵니다.
날마다 좋은 날 만드세요.

지나간 것은
이미 지나간 일

내가 늙어도
하는 일이 있군 _월성 스님

하루는 법주사 복천암의 월성 노스님을 찾아갔습니다.

"스님, 평안하십니까?"

여든을 훌쩍 넘긴 노스님의 야윈 모습을 보니 마음이 그지없이 아팠습니다. 얼마 전 포행을 하다가 넘어져 다리를 크게 다쳤기에 걱정하던 참이었습니다.

"자네가 통 소식이 없어서 별 재미가 없었어."

"제가 며칠 전에 전화 드렸는데요?"

"허허, 그래. 세월이 가니 자꾸 깜박깜박하네."

스님과 저는 한바탕 웃었습니다.

"스님, 하시는 일은 잘되십니까?"

"내가 무슨 일을 하는지 아나? 난 하는 일이 아무것도 없네. 그저 부처님 가신 길만 따라갈 생각이야."

그 와중에 한 번도 빠짐없이 안거에 들어가셨으니, 노스님이 무척 존경스러웠습니다.

"이제 안거도 쉬셔야죠."

"서산에 해가 다 떨어져가니 마음 닦는 일밖에 할 것이 더 있겠어."

노스님 앞에서 아무 말도 할 수 없었습니다.

"스님을 뵙고 돌아가면 제 마음이 행복합니다."

"그래, 내가 늙어도 하는 일이 있군."

당신은 다른 사람의 마음을
행복하게 해준 일이 있나요?
세상에서 가장 좋고 소중한 일은
남에게 행복을 전해주는 일입니다.

부처가 자네
목구멍에 걸렸구나 _진효 스님

강화도의 천년 고찰 정수사에 주지로 계신 진효 스님을 만나러 갔을 때입니다. 스님은 불교 대중화의 초석을 다진 광덕 스님의 손상좌孫上佐입니다.

"어찌 왔는가?"

오랜만에 찾아온 저를 보고 스님이 투박한 충청도 말씨로 맞아주십니다.

"끽다하러 왔습니다."

정수사 샘물은 맛이 특이합니다. 그 물로 차를 끓이면 맛이 개운하고 연하며 쓴맛이 살짝 도는 것으로 유명합니다.

"끽다라… 자네 누군가?"

"저쪽과 이쪽에서 짧은 인연을 나눈 적이 있습니다."

속복을 입은 저는 이쪽이고, 승복을 입은 스님은 저쪽입니다.

"옳거니, 하는 일은 잘되나?"

"부처님이 자꾸 경전을 읽으라고 해서…."

"그래, 많이 읽고 공부했는가?"

"네, 스님."

"불교는 공부해서 이해하는 것이 아닌데, 자네는 지나치게 읽고 쓰는 것 같아."

"제 밥줄인데요."

"밥줄이라… 부처가 자네 목구멍에 걸렸구나."

그 말씀에 한바탕 웃음이 터지고 말았습니다.

외로울 때 홀로 산사에 갑니다.
그곳에는 맑은 새소리와 바람 소리,
꽃이 피고 지는 소리, 시와 같은
스님의 법문이 있습니다.
마음이 허전할 때
도시를 벗어나 산사로 가보세요.

지나간 것은
이미 지나간 일

짜장면이 먹고 싶으면
산을 내려가라 _명진 스님

　해인사 명진 스님은 전쟁통에 고아가 된 아이들을 백여 명이나 보살폈습니다. 어느 날 스님은 그 아이들에게 입힐 옷가지를 사러 제자를 데리고 장에 갔습니다.

　두 사람이 시장 모퉁이를 돌아서자 고소한 짜장면 냄새가 코를 찔렀습니다. 제자는 그 유혹을 참지 못하고 스님께 아양을 떨었습니다.

　"큰스님, 냄새가 정말 좋지요? 짜장면 한 그릇만 먹고 가면 안 될까요?"

　"뭐? 짜장면이 먹고 싶다고?"

　스님은 길바닥에 굴러다니는 막대기를 줍더니 제자의 어깨를 내려쳤습니다.

　"이놈이 아직 정신을 못 차렸네. 짜장면이 먹고 싶으면 당장 산을 내려가서 엄마한테 사달라고 해라. 지금 절에 있는 아이들도 짜장면이 얼마나 먹고 싶겠어!"

제자는 그날 이후 다시는 짜장면 소리를 입 밖에 내지 않았다고 합니다.

우리에게 이런 눈물 나고
아픈 시절이 있었습니다.
고아가 된 아이들을 생각하는
큰스님의 그 마음이
오늘날 잘사는 대한민국을 만든 것은 아닐까요.

지나간 것은
이미 지나간 일

사람만이 희망이다

제가 알고 있는 큰스님은 시를 무척 좋아합니다. 큰스님이 법문하실 때마다 신도나 제자들에게 지겹도록 들려주는 시가 있습니다. 박노해 시인이 쓴 《사람만이 희망이다》에 실린 〈다시〉라는 시입니다.

희망찬 사람은
그 자신이 희망이다.

길 찾는 사람은
그 자신이 새 길이다.

참 좋은 사람은
그 자신이 이미 좋은 세상이다.

사람 속에 들어 있다.
사람에서 시작된다.

다시

사람만이 희망이다.

스님은 시를 읊은 뒤에 꼭 이 말을 덧붙입니다.

"그래, 참 좋다. 좋은 사람들이 만나서 아름답게 사는 세상! 사람
이 바로 희망이다."

사람으로 인해 기뻐하고,
사람으로 인해 상처 받고,
사람으로 인해 다시 살아갈 힘을 얻습니다.
저도, 당신도 서로에게 희망이 되는
세상을 만들어갔으면 좋겠습니다.

범인이 너로구나 _월하 스님

어느 추운 겨울날이었습니다.

통도사 조실이신 월하 스님이 외출에서 돌아와 방으로 들어섰습니다. 문지방을 넘어서자 방 안의 온기에 숨이 턱 막힐 지경이었습니다.

스님은 놀라서 밖으로 나와 아궁이를 들여다보았습니다. 아궁이에 장작개비가 수북이 쌓인 채 활활 타오르고 있었습니다. 스님은 당장 장작불을 꺼버렸습니다. 절집에서는 장작개비 하나도 허투루 쓰지 않기 때문입니다.

시간이 얼마나 흘렀을까. 월하 스님의 처소를 살피러 나온 제자가 아궁이에 불이 꺼진 것을 발견했습니다.

'오늘 같은 날씨에 얼마나 추우실까.'

제자는 다시 장작에 불을 지폈습니다.

월하 스님은 한밤중에 방이 뜨거워 잠에서 깨었습니다. 밖으로 나가 아궁이를 보니 장작불이 또다시 활활 타오르지 뭡니까.

'이상하다, 내가 분명히 불을 껐는데….'

큰스님은 다시 장작불을 껐습니다.

밤새 이러기를 몇 번, 마침내 두 사람이 아궁이 앞에서 딱 마주쳤습니다. 제자를 보고 큰스님이 너털웃음을 터뜨렸습니다.

"범인이 너로구나, 허허허!"

한밤중 아궁이 앞에서 한바탕 웃음꽃이 피었습니다.

승가에서 스승과 제자는 곧 아버지와 아들입니다.
추운 겨울밤, 행여 스승의 몸이 상하지 않을까
밤새 돌아보는 제자의 마음이 기특합니다.
당신은 편찮으신 부모님을 위해
밤새도록 곁을 살핀 적이 있나요?

지나간 것은
이미 지나간 일

엔도르핀의 유래

10여 년 전 미국 플로리다 템파베이에서 벌어진 일입니다.

티베트의 한 스님이 여행 중 갑자기 극심한 통증으로 쓰러졌습니다. 장이 파열되어 빨리 수술을 받아야 했는데, 스님은 부처님의 계율에 어긋난다고 마취를 거부했습니다.

출혈이 많아 당장 수술 받지 않으면 생명이 위독한 상황에도 스님의 고집을 꺾을 수 없어, 담당 의사는 결국 마취 없이 수술에 들어갔습니다. 놀랍게도 스님은 여섯 시간 동안 생살을 찢는 수술 중에 소리 한 번 지르지 않았습니다.

의사가 신기해서 물었더니 스님은 통증을 전혀 느끼지 않았다고 합니다. 집도한 의사들은 처음 경험한 이 상황에 놀랐습니다.

의사들이 스님의 피를 뽑아 정밀 검사를 해보았는데, 핏속에서 이상한 물질이 검출되었다고 합니다. 그 물질은 평범한 사람들에게서 전혀 볼 수 없는 것으로, 마음이 지극히 안정된 상태나 명상하는 사람의 몸에서 생성되는 물질임을 알았습니다.

이후 의사들은 마취제 모르핀을 사용하지 않고 수술했다는 뜻으로 그 물질을 엔도르핀이라고 이름 지었습니다. 라틴어 '엔도endo'는 '내부'를 뜻하고 '오르핀orphine'은 모르핀에서 따온 말로, 엔도르핀은 '체내에서 생성되는 마취제'를 의미합니다. 이렇듯이 사람의 몸은 마음에 따라 특이한 물질을 만들어내는 능력이 있습니다.

기도 명상은 우리 몸을 건강하게 하고, 세상의 모든 의심과 편견을 끊어버리게 합니다. 일반인이 마취하지 않고 수술을 받는다는 것은 생각할 수 없습니다. 티베트 스님이 이렇게 한 것은 계율 때문이지만, 이는 강한 신심이 없으면 불가능한 일입니다.

티베트 스님이 통증을 전혀 느끼지 못한 것을 과학적으로 분석해보면 의문이 쉽게 풀리지만, 그 역시 명상 수행을 꾸준히 해왔기에 가능하지 않았을까요.

모든 근심은 마음에서 비롯됩니다.
긍정적이고 밝은 생각, 남을 위하는 마음이
엔도르핀을 만들어냅니다.
항상 긍정적인 생각을 하고
즐거운 마음으로 하루하루 살아가세요.

지나간 것은
이미 지나간 일

마음속에 자라는
세 가지 독 _혜정 스님

속리산 법주사에 계신 혜정 스님이 대중에게 법문을 하셨습니다.

"중생에게는 탐내는 마음, 성내는 마음, 어리석은 마음이 있다. 이세 가지를 일러 탐·진·치 삼독이라 한다. 어떤 계기가 되면 중생은 즉각 삼독이 반응하는데, 이것이 죄를 짓는 원인이다.

복수심은 부메랑처럼 자신에게 돌아오는 죄악이므로, 불가의 인욕은 삼독을 버리는 마음이다. 내 생각이나 행동이 상대방에게 조금이라도 피해를 줘서는 안 된다는 마음, 자비와 보시의 마음을 품는 자가 바로 부처다. 이를 명심해야 하느니라."

유럽을 제패한 나폴레옹은 고백했습니다.
"내 평생 행복한 순간이 6일밖에 없었다."
신체 장애를 극복하고 위대한 업적을 남긴
헬렌 켈러는 말했습니다.
"내 생에 단 하루도 행복하지 않은 날이 없었다."
세상살이가 아무리 힘들어도 마음먹기에 달렸습니다.

어느 비구니와 만남

밀양 표충사의 한 암자에서 수행하는 비구니 스님을 만나러 갔습니다. 일전에 우연히 만난 적이 있는 스님은 저와 초등학교 동창인데 아무 생각 없이 발길이 그곳으로 향했습니다.

불쑥 찾아간 제게 스님이 물었습니다.

"혼자 오셨나요?"

"네, 스님."

"이리 들어오세요."

"…."

"웬일로 나를 만나러 오셨나요?"

"그냥요."

"그냥이라뇨?"

정말 그랬습니다. 그냥 스님이 보고 싶었을 뿐입니다.

차 마시며 이야기를 나누다가 뜬금없이 스님에게 질문했습니다.

"비구니 스님이 지켜야 할 계율은 몇 가지나 되나요?"

"그건 왜 묻습니까? 달마는 일찍이 석가를 스승으로 삼으려고 했습니다. 그건 계를 지녔기 때문입니다."

계율을 받아 지키는 사람은 그 모습이 언제나 청정해서 모범이 된다는 뜻이지요. 그래서 제가 말했습니다.

"저는 계를 단 하나도 지니지 못했습니다."

"그럴 리가 있나요? '부모와 스승을 공경하라'는 것도 계입니다."

"그건 대상에 대한 예의와 살아가는 법일 뿐입니다. 이를테면 '남의 것을 훔치지 마라, 남을 욕하지 마라, 거짓말하지 마라' 같은 것이 진짜 계죠. 저는 스님을 존경하기 때문에 만나고 싶었습니다."

"나를 존경하다뇨. 처사님은 왜 그리 혼란스러운가요?"

정말 어릴 적 친구가 보고 싶어 찾아갔을까요,
아니면 그 친구에 대한 연민이나
출가한 친구에 대한 호기심 때문이었을까요?
청정한 수행자로 살아가는 스님의 눈빛이
한동안 저를 부끄럽게 했습니다.

지나간 것은
이미 지나간 일

불장난하다가 그만 _자광 스님

자광 스님이 대구포교당에 계실 때 절에 오는 젊은 부부에게 농담 삼아 물었습니다.

"너 자식 만드는 법을 아느냐?"
"스님, 불장난하다가 그만 애가 들어섰습니다."

스님이 그 소리를 듣고 기가 막혀 말씀하셨습니다.
"아이를 가질 때는 지성껏 기도해야 한다. 부부는 일주일 동안 술과 담배를 끊어 피를 깨끗이 하고, 몸과 마음을 정갈히 한 뒤에 사랑해야 한다. 그래야 건강하고 지혜로운 아이를 맞이할 수 있다."
젊은 부부가 고개를 끄덕였습니다.

스님이 계속 말씀하셨습니다.
"아이를 갖는 장소도 중요하다. 아이는 조상이 지켜주는 집에서 가져야 한다. 다른 장소에서 아이를 가지면 잘못된 영혼이 올 수 있기 때문이다. 아이는 너희의 소유물이 아니다. 아이에게도 자기 업이 있고, 영혼이 있음을 알아야 한다."

자식은 부모의 소유물이 아닙니다.
부모와 자식이라는 인연으로 만났을 뿐,
아이에게는 자기 업과 영혼이 있습니다.
그러므로 아이를 잘 키우는 것 못지않게
아이를 갖기 전 마음가짐이 중요합니다.

사과는 둘이
머리로 깨서 먹어라 _활안 스님

활안 스님이 송광사 천자암에 계실 때입니다.

한 부부가 스님의 법문을 듣기 위해 찾아왔습니다. 스님은 부부에게 단단한 사과를 하나 주며 말씀하셨습니다.

"내려가는 길에 요놈 하나 쪼개서 먹어라. 안 깨지면 너희 둘이 머리로 깨서 먹어라. 세상이 각박하지만, 너희 둘은 서로 머리 박고 잘 살아라. 사람은 재밌게 살아야 해."

사과 한 알도 나눠 먹는 부부의 정이
그리운 시대입니다.
오늘, 사랑하는 남편과 아내에게
머리 맞대고 재미있게 살자고
말해보면 어떨까요?

중생이 아프면
보살도 아프다 _만암 스님

한국전쟁이 끝나고 만암 스님이 장성 백양사에 기거하실 때입니다.

그해는 흉년으로 마을 사람들이 큰 고통을 당하고 있었습니다. 스님이 그런 상황을 알고 중대한 결정을 내렸습니다.

"올해는 추수가 끝나는 가을까지 탁발하지 말고 시주도 받지 마라. 그리고 절 안에 있는 곡식을 마을 사람들에게 조금씩 나눠줘라."

백양사의 살림살이를 맡은 원주 스님이 깜짝 놀랐습니다.

"큰스님, 도대체 무슨 말씀입니까?"

"마을에 가서 보니 지난가을 흉년이 들어 많은 사람들이 고생하고 있더구나. 중생이 굶주리면 절간에 있는 우리도 굶어야지. 그러니 어서 양식을 나눠줘라."

스님들은 곳간을 열어 봄을 지낼 양식을 사람들에게 일일이 나눠주었습니다.

마침내 힘든 보릿고개를 넘기고 수확기가 지난 어느 날, 시자가 만암 스님에게 달려왔습니다.

"스님, 마을 사람들이 오고 있습니다."

"절에 사람이 찾아오는 것은 흔한 일인데 웬 호들갑이냐?"

"그것이 아니라, 마을 사람들이 모두 보리 가마니를 하나씩 지고 올라오고 있습니다."

"그러니까 내가 나눠준 양식 때문이란 말인가? 이런… 내가 잘못 생각했구나."

"잘못 생각하다뇨?"

"내가 양식을 나눠준 것은 무주상보시無住相布施다. 마을 사람들이 이를 생각지 못하고 양식을 돌려주겠다고 하면 양식을 꾸어준 것밖에 되지 않으니, 어서 돌아가라고 해라!"

시자가 만류했지만 마을 사람들은 막무가내였습니다.

"저희는 큰스님 덕분에 굶어 죽을 고비를 넘겼습니다. 그때 빌린 양식을 돌려드리는 것이 아니라 시주하는 것입니다."

그렇게 주거니 받거니 하는 동안 절 안에는 자비의 꽃이 환하게
피었습니다.

모름지기 한 나라의 위정자는
'국민이 아프면 나도 아프다'는 생각으로
정치를 해야 합니다.
이런 정신을 찾아볼 수 없는 요즘,
만암 스님과 유마 거사가 그립습니다.

지난간 것은
이미 지나간 일

좌우 구분이 없는
고무신 _효봉 스님

보성 스님은 은사 효봉 스님을 오랫동안 시봉했습니다.

하루는 큰스님이 거처하시는 염화실 앞을 지나다가 무심코 섬돌에 놓인 고무신을 보았습니다. 고무신 왼쪽과 오른쪽이 바뀌어 있어서, 이를 바로 해놓았습니다.

그런데 다음 날도 고무신 왼쪽과 오른쪽이 바뀌어 있었습니다. 그때마다 바로 놓았더니 어느 날 효봉 스님이 말씀하셨습니다.

"보성아, 그 고무신 그냥 놔둬라."

"큰스님은 왜 오른쪽 왼쪽도 모르고 고무신을 신으세요?"

"허허… 녀석아, 내가 그걸 모르고 신는 줄 아느냐."

"그럼 왜 자꾸 반대로 신으세요?"

"다 이유가 있지. 바로 신으면 바깥쪽만 닳지만, 바꿔 신으면 골고루 닳잖아."

"스님, 그러다 중심을 잃어 넘어지기라도 하면 큰일이니 제가 가끔 고무신을 평평하게 문질러놓을게요."

"이놈아, 내 고무신은 내가 알아서 해."

이렇듯 효봉 스님은 매사에 근검절약하셨다고 합니다.

주위를 돌아보면 하루하루
힘겹게 살아가는 이웃이 많습니다.
내가 가진 것을 아껴서
그들을 조금이나마 돕는다면
세상이 좀더 따뜻해지지 않을까요?
절약은 자신에게도 좋지만
힘든 이웃을 보듬어주는 일입니다.

마음을
움직이는 말 _고산 스님

고산 스님이 불교TV 무상사 초청법회에서 법문을 하셨습니다.

"사람들은 나오는 대로 말하려고 한다. 그런데 언중유골이라, 말속에 뼈가 있다. 첫 번째 말은 종자가 되고, 두 번째 말은 싹을 틔우고, 세 번째 말은 스스로 열매를 거둔다. 이처럼 무심코 내뱉는 말이 엄청나게 무섭다. 그러므로 말 한 마디라도 백 번, 천 번 씹고 내뱉어야 사람의 마음을 움직일 수 있다. 이를 명심해야 한다."

"사람은 입안에 도끼를 가지고 태어난다.
그 도끼로 남을 해치고 자기도 해친다."
《법구경》

무심코 내뱉은 말 한마디로
가까운 사람에게 상처를 주지 않았는지
가만히 돌아보세요.

지나간 것은
이미 지나간 일

하심 하면
안 되는 것이 없다 _청담 스님

1966년 10월, 대한불교조계종 종정이던 효봉 스님이 표충사 서래 각에서 열반하셨습니다. 당시 종정의 장례식을 종단장으로 하느냐, 문도장으로 하느냐가 관심의 대상이었습니다.

총무원장 청담 스님은 종정의 열반은 반드시 종단장으로 치러야 하기 때문에 서울로 이운해야 한다고 주장했습니다. 그에 맞서 효봉 스님의 문도는 스님이 평소 거처하신 곳에서 장례를 치러야 한다며 한사코 반대 입장을 표명했습니다.

그 순간 청담 스님이 묵묵히 문도를 향해 백팔배를 올리기 시작했습니다. 오십여 배가 지나자 그제야 반응이 왔습니다.

효봉 스님의 제자인 법정 스님이 구산 스님께 물었습니다.
"스님은 어떻게 하면 좋겠습니까?"
구산 스님이 말씀하셨습니다.
"청담 스님의 뜻대로 하시지요."

결국 청담 스님이 하심下心을 하여 백팔배 한 덕분에 장례식 문제가 원만히 해결되었습니다.

그때 효봉 스님의 시자인 보성 스님이 청담 스님께 여쭈었습니다.
"스님, 절을 몇 번 하셨습니까?"
"한 70번 한 것 같네."
"나머지는 언제 하실 것입니까?"
"서울에서 마저 해야지."

우여곡절 끝에 종정 효봉 스님의 장례식이 조계사에서, 다비식이
화계사에서 치러졌다고 합니다.

우리가 절하는 것은
몸을 낮추는 동작으로
마음을 낮추는 거룩한 수행입니다.
힘든 일이 닥쳤을 때야말로
하심이 필요한 순간입니다.
성공하는 사람의 비결은
첫째도 하심이요,
둘째도 하심임을 명심하세요.

걸인에게 준 시줏돈 _혜월 스님

혜월 스님은 19세기 후반 근대 한국 불교의 중흥에 이바지한 경허 스님의 제자입니다.

하루는 한 신도가 사십구재를 지내달라고 혜월 스님에게 돈을 주었습니다. 스님은 이 돈을 가지고 있다가 양다리가 없는 걸인이 길에서 손을 내밀자, 얼마인지 헤아려보지도 않고 모두 주었습니다.

사십구재가 가까워오는데 혜월 스님은 도무지 제물을 준비하지 않았습니다. 그때 절의 살림을 맡은 원주 스님이 여쭈었습니다.

"스님, 내일 재를 지내야 하니 제주에게 받은 돈을 주시지요."

"응, 그래. 그런데 말이다, 길을 가다가 딱한 사람이 있어서 모두 줘버렸다."

원주 스님은 당황해서 말문이 막혔습니다.

그런데 이 사실을 안 신도는 호탕하게 웃었습니다.

"역시 큰스님답습니다."

신도는 오히려 더 많은 돈을 내고 재를 지냈습니다.

혜월 스님의 선한 행동은 여기에서 그치지 않았습니다.

공양 때면 음식을 항상 몇 숟가락 덜어두었다가, 공양이 끝난 뒤 산으로 올라가서 배고픈 산짐승들에게 주었습니다. 그 순간 울창한 수목 속에서 떼 지어 기다리던 까마귀, 까치 등 산새들이 스님의 어깨와 팔, 머리에 푸드덕푸드덕 날아와 걸음을 걷지 못하는 놀라운 광경이 펼쳐졌습니다.

산새들은 스님의 충만한 자비심에 끌려 온 것이 아닐까요? 스님에게 악의와 살기, 허위와 가면의 상이 조금이라도 있었다면 이런 광경을 만날 수 없었을 것입니다.

어찌 된 일인지 가진 사람보다
넉넉지 못한 사람이
많이 베푼다고 합니다.
남을 돕는 것은 자비를 실천하는 것이며,
그만큼 사랑을 얻는 일입니다.

세상에 광명을
전하는 사람

집안 형편이 어려워 실업계 고등학교에서 열심히 공부하여 전기 기사가 된 청년이 있었습니다. 그는 친구들이 대학을 졸업하고 좋은 직장에 취직한 것을 보고 자책하다가, 큰스님을 찾아가서 괴로운 마음을 털어놓았습니다.

"자네, 직업이 무엇인가?"

"가로등이 고장 나거나 여기저기 전기가 나가면 고치는 전기 기사입니다."

"허허, 자네는 이 세상에 광명을 전하는 사람이군. 그런 좋은 일을 하는 사람이 왜 못난 사람이라고 자책하는가?"

"그렇군요. 태어나서 처음으로, 오늘 정말 기분이 좋습니다."

그 후 청년은 열심히 일해서 유명한 전기회사 대표가 되었습니다.

의사나 판사, 교수만 좋은 직업이 아닙니다.
전기 기사와 청소부가 없다면
세상이 어떻게 될까요?
어두운 곳에 불을 밝힐 수 없고,
거리는 쓰레기 천지가 되겠지요.
세상에 소중하지 않은 직업은 없습니다.

호주머니에서
떨어진 차비 _허운 스님

한 청년이 집을 몰래 빠져나와 대구 파계사로 향했습니다.

한여름 밤 서울에서 출발한 완행열차는 무려 열두 시간이 지나 동대구역에 도착했습니다. 청년은 새벽어둠이 가시지 않은 역에서 눈을 붙였습니다. 한참 뒤 눈을 뜨니 신발은 온데간데없고, 호주머니에 넣어둔 차비마저 사라졌습니다.

역에서 파계사로 가는 길은 하루 종일 걸어야 겨우 도착할 정도로 먼 거리입니다. 하는 수 없이 쓰레기통을 뒤져서 찾아낸 고무 슬리퍼를 끌고 파계사로 향했습니다.

한여름 땡볕에 땀이 비 오듯 쏟아지고, 하루 종일 먹지 못해 허기가 몰려왔습니다. 논두렁에 주저앉아 눈물을 쏟았지만, 출가를 결심한 터라 집으로 돌아갈 수도 없었습니다.

산을 서너 개 넘자 비로소 파계사가 보이기 시작했습니다. 슬리퍼를 벗어 던지고 아픈 것도 잊은 채 단숨에 파계사 일주문에 다다랐습니다. 청년은 관세음보살님이 계신 원통보전에 맨발로 들어가 삼배했습니다.

그 순간, 어디에선가 '댕그랑' 소리가 났습니다. 소리의 정체는 동전 몇 닢이었습니다. 기가 막힐 노릇입니다. 아무리 호주머니를 뒤져도 나오지 않던 동전이 부처님께 삼배를 올린 뒤에 나왔으니까요.

이 돈이면 버스를 타고, 부족하나마 허기를 채울 수 있었는데… 갑자기 속이 상하고 화가 나서 동전을 법당 바깥으로 휙 던졌습니다.

마침 그 앞을 지나가던 한 스님이 그 청년을 나무랐습니다.

"어린 학생이 돈을 함부로 버리다니!"

성우 스님이 그 광경을 보고 달려왔습니다.

"자네는 어떻게 여기 왔는가?"

청년은 성우 스님에게 자초지종을 이야기했습니다.

스님은 이야기를 다 들은 뒤 그의 어깨를 감싸 안고 토닥였습니다.

"그래, 잘 왔다. 그 동전 던질 만하구나. 허허."

자기의 심정을 이해해준 스님에게 감동한 청년은 그길로 출가하여 성우 스님의 제자가 되었습니다. 그가 훗날 파계사 주지를 지낸 허운 스님입니다.

'초년고생은 사서라도 한다'지요.
스님이 호주머니 속 동전을 일찍 발견했다면
그렇게 고생하지 않았겠지요.
하지만 고생한 덕분에
출가의 순간을 강렬하게 기억할 것입니다.
힘든 이 시간도 지나고 보면
소중한 경험이고 추억이 됩니다.

지나간 것은
이미 지나간 일

가난한 도둑

옛날 인도에서 가난한 사람이 다른 이의 재물을 훔치다가 잡혔습니다. 왕이 도둑에게 물었습니다.

"너는 왜 도둑질을 했느냐?"

가난한 도둑이 눈물을 흘리며 사정했습니다.

"집에 양식이 떨어져 가족이 굶주리고 있습니다. 그래서 어쩔 수 없이 재물을 훔쳤습니다. 저는 마땅히 죗값을 받겠으니, 부디 남은 가족을 살려주십시오."

그 순간 왕이 슬픈 얼굴로 말했습니다.

"백성이 굶주리는 것은 내가 주리게 한 것이요, 추운 것은 내가 벌거벗게 한 것이요, 가난한 것은 내가 정치를 잘못해서다."

왕은 자신의 잘못인 양 크게 깨닫고 도둑을 풀어주었습니다. 그 후 왕은 백성이 잘 살 수 있도록 최선을 다해 나라를 다스렸습니다. 그

공덕으로 왕은 오래 사는 것, 건강해지는 것, 덕을 갖추는 것, 마음이 편해지는 것, 눈이 좋아지는 것, 이 다섯 가지 복을 얻었다고 합니다.

《경률이상經律異相》에 실린 이야기입니다.
우리나라 정치인들이 꼭 한 번
읽어야 할 내용이라는 생각이 듭니다.
국민을 위해 참된 정치를 해주는 것,
우리 모두의 바람이니까요.

어른 고생만 시켜드려서

성철 스님이 열반하신 뒤, 스님을 오랫동안 시봉한 상좌 스님이 이런 말씀을 하셨습니다.

"시봉한 것이 아니라 괜히 어른 고생만 시켜드린 것 같습니다."

부모님이 우리를
진자리 마른자리 가리지 않고 키웠듯이,
어느 날 부모님이 병들어 누우시면
우리도 이런 마음이어야 합니다.
가신 뒤 흘리는 눈물은
아무 소용이 없습니다.

걸인이 된 금오 스님

옛날 스님들은 감투나 명예 따위에는 일절 관심이 없고, 주어진 대로 살았다고 합니다. 사람들이 조그만 감투나 재산에 눈이 멀어 깨달음을 얻지 못하는 것에 매우 안타까워했습니다. 오히려 사람의 몸을 받고 수행자가 된 것에 늘 기뻐했습니다.

심지어 가사 장삼을 던져버리고 깡통을 차고 거지가 되기도 했는데, 금오 스님이 대표적인 선승입니다.

금오 스님은 움막촌을 찾아가 거지가 되기로 마음먹었습니다. 거지가 되려면 밥을 가리지 않고 먹고, 찢어져 속살이 나오는 옷을 입고, 잠은 아무 데서 자야 합니다. 이 세 가지는 거지가 되면 당연히 겪는 일입니다.

그 후 금오 스님의 거지 생활이 시작되었습니다. 하루는 금오 스님이 거지가 되어 떠돈다는 소문을 듣고 제자들이 찾아왔습니다.

누가 봐도 거지꼴인 스님의 모습에 제자들이 탄식했습니다.

"아이고 스님, 저희를 두고 웬 고생이십니까?"

"허허, 너희 눈에 고생이지만 나는 정말 편하다. 가진 것이라고는 깡통뿐이니 훔쳐갈 것도 없고, 밥을 얻어먹고 사니 싸울 일도 없다. 가거라, 가."

제자들이 만류해도 금오 스님은 끝내 돌아가지 않았습니다. 거지들과 함께 생활하며 하심 하는 법을 체득한 것입니다.

길을 가다가 도움을 청하는 걸인을
만날 때가 있습니다.
그들을 보면 어떤 생각이 드나요?
한번쯤 그들의 입장이 되어보세요.
그러면 세상을 어떻게 살아야 할지
길이 보일지도 모르니까요.

야, 등 좀 밀어라! _고산 스님

20여 년 전 일입니다.

어느 날 고산 스님이 대중목욕탕에 갔습니다. 그날따라 목욕탕 안이 수증기로 가득 차 있었습니다.

스님이 모퉁이에 앉아 때를 미는데, 동네에 사는 처사가 스님의 머리를 툭 쳤습니다.

"학생, 등 좀 밀어줘. 나도 밀어줄 테니…."

당시에는 남자 중·고등학생들이 까까머리를 하고 다녔는데, 그 처사가 착각한 것입니다.

스님은 은근히 부아가 났지만, 군말 없이 때를 밀어주면서 말씀하셨습니다.

"아저씨 눈에는 다 중학생으로 보이는 모양이네."

처사는 그제야 큰스님인 것을 알고 몸 둘 곳을 몰라 했습니다.

"아이고 스님, 제가 잘못했습니다."

고산 스님이 껄껄 웃으며 말씀하셨습니다.

"목욕탕에서 홀라당 벗으면 대통령인지, 국회의원인지 어찌 알겠는가. 차라리 모두 홀라당 벗고 살면 이 사회가 편안해지겠지."

작은 소동으로 목욕탕에 한바탕 웃음꽃이 피었다고 합니다.

우리는 자신이 저지른 실수에 관대하고
남이 저지른 실수에는 인색합니다.
자비심이 부족하기 때문이지요.
자비심을 가지면
훨씬 너그러운 세상이 되지 않을까요?

탄생의 고통 _달라이 라마

티베트의 영적 지도자 달라이 라마가 인간의 탄생에 대해 말했습니다.

"인간은 고통 속에 살아갑니다. 어머니의 자궁에 있을 때는 좁고 어두운 공간, 탁한 물에 갇혀 고통을 받습니다. 10개월이 지나면 비로소 밖으로 밀어내는 에너지가 생기는데, 그 순간은 거대한 압착기에 눌리는 나뭇조각 같은 고통, 기름을 짜내는 참깨가 된 것 같은 고통을 받습니다.

어머니 몸 밖으로 나온 뒤에도 고통은 계속됩니다. 부드러운 천으로 감싸주어도 가시 구덩이에 떨어진 것 같은 기분이 듭니다. 이것이 바로 탄생의 고통입니다."

탄생의 순간은 고통과 환희가 교차합니다.
아기를 낳는 어머니도,
어머니 몸 밖으로 나오는 아기도
탄생의 고통을 겪습니다.
그런 고통을 견디고 나온 우리가
생을 헛되이 보내서는 안 되겠지요.

흰머리를 보고
출가한 왕

옛날 인도의 비데하 왕국에 백성을 사랑하는 어진 왕, 미틸라가 있었습니다. 어느 날 왕이 이발사에게 명령했습니다.

"이발사여! 머리카락을 다듬다가 흰머리가 발견되면 나에게 말하라."

20여 년이 흐른 뒤, 이발사가 왕의 머리를 깎다가 흰 머리카락 한 올을 발견하고 즉시 말했습니다.

"대왕이시여, 여기 흰 머리카락을 찾았나이다."

왕은 이발사의 말을 듣고 고개를 끄덕거렸습니다.

"머리카락을 내 손바닥에 올려보아라."

왕은 흰 머리카락을 보고 죽음이 찾아온 듯 초조했습니다. 자신은 곧 죽을 것이라는 망상에 빠지기도 했는데, 어느 순간 마음을 굳게 먹었습니다.

'어리석다, 미틸라여! 흰머리가 났는데도 아직 번뇌를 끊지 못하다니…'

왕은 골똘히 생각하다가 번뇌의 성에 갇혀 사는 게 큰 고통임을 깨달았습니다. 그리고 출가를 결심한 뒤 아들에게 왕위를 물려주었습니다.

"아들아, 내 머리에 백발이 돋았구나. 나는 이제 늙고 병들었다. 욕망은 누릴 만큼 누렸으며, 더 사는 것은 가치가 없다. 이제 출가하여 진정한 자유와 행복을 누리겠다."

왕은 궁을 떠나 마카데바 망고 숲에서 남은 세월을 고요한 선정에 들었습니다. 이후 왕은 죽어 범천계에 다시 태어났는데, 그가 바로 전생의 부처님이라고 합니다.

세월은 무심히 사람을 늙게 합니다.
어쩌면 늙어가는 것이
아름다운 일인지도 모릅니다.
늙는다고 슬퍼하지 마세요.
생의 추억도 그만큼 쌓이니까요.

지나간 것은
이미 지나간 일

2부

있는 그대로
바라보기

자기가 어리석은 줄 아는 사람은
어리석은 사람이 아니다.
참으로 어리석은 자는
자기가 어리석은 사실조차
모르는 사람이다.

《아함경》

이제 다 싸웠능교?

　오늘날 운주사가 크게 발전한 것은 한 비구니 스님의 헌신 때문이라고 합니다. 그 스님의 어머니 또한 신심이 대단한 분으로 전해집니다.

　한번은 그 마을에 사는 정아무개와 이아무개가 크게 싸웠습니다. 분을 참지 못한 정아무개가 변소에서 똥을 퍼 가지고 와서는 이아무개의 방 안에 쏟아버렸습니다. 그러자 싸움이 더 커져, 나중에는 살인까지 저지를 판이 되었다고 합니다.

　보다 못한 마을 사람들이 고민하다가 이 사람이면 싸움을 말릴 수 있지 않을까 싶어 동네 아주머니를 데려왔습니다. 그분이 바로 운주사를 크게 일으킨 비구니 스님의 속가 어머니입니다.

　아주머니는 구린내가 진동하는 방에 들어가서 싸움을 말리기는커녕, 아무 말도 하지 않고 걸레로 방을 닦기 시작했습니다. 냄새가 없어질 때까지 몇 번이나 물에 걸레를 헹궈서 방을 닦았습니다.

　이 광경을 본 두 사람은 결국 싸움을 멈췄습니다.

그때 아주머니가 한 말이 걸작입니다.

"이제 다 싸웠능교? 걸레를 하나씩 줄 테니 방이나 닦으세요."

한순간 화내서 얻을 건 없고,
온통 잃는 것뿐입니다.
후회해도 소용없습니다.
그러니 참으세요.
참는 것이 이기는 길입니다.

가마솥에 빠진 쥐 _월탄 스님

월탄 스님이 출가한 지 얼마 안 되어 지리산 칠불암의 선방에서 공부할 때입니다.

하루는 선방 수좌 스님들의 공양을 준비하려고 쌀을 씻어 가마솥에 안치고 불을 지폈습니다. 밥이 얼추 되어갈 무렵, 밥물이 넘치자 솥뚜껑을 살짝 열어놓고 다른 일을 한 뒤 얼른 부뚜막으로 돌아왔습니다.

"이제 뜸이 다 들었겠지?"

스님은 솥뚜껑을 열다가 화들짝 놀라고 말았습니다. 작은 생쥐 한 마리가 하얀 밥 위에 배를 드러내고 누워 있었기 때문입니다.

스님은 남들이 볼까 봐 얼른 죽은 쥐와 흩어진 털을 걷어내고 밥을 그릇에 옮겨 담았습니다. 수좌 스님들이 공양하는 동안 월탄 스님은 등에 식은땀이 줄줄 흘렀습니다.

그날 밤, 월탄 스님은 사형인 탄성 스님에게 사실을 털어놓았습니다. 수좌 스님들에게 죄지은 것 같아 괴로웠기 때문입니다.

"스님, 오늘 저녁 밥을 하는데 솥 안에 쥐가 한 마리 들어가 죽어 있더군요. 그 사실을 털어놓지 못해서 정말 괴롭습니다."

탄성 스님이 말씀하셨습니다.

"허허, 녀석! 그래, 그 밥 먹고 죽은 놈이 있더냐? 괜찮아, 마음이 정녕 괴롭거든 법당에 가서 부처님께 삼천배를 해라."

월탄 스님은 삼천배를 하고 나니 괴로움이 일시에 사라졌다고 합니다.

내 허물을 남에게
털어놓기는 쉽지 않습니다.
그래서 차마 말을 못 하고 괴로워할 때가 있습니다.
허물을 감추다가 더 큰 괴로움을 만나기 전에
솔직하게 말하고 참회하세요.
괴로움에서 벗어나는 길, 바로 참회하는 것입니다.

있는 그대로
바라보기

복을 받으려면
복을 지어라 _명진 스님

해인사 명진 스님이 동짓날 제자를 데리고 아랫마을에 탁발하러 갔습니다. 스님은 어느 가난한 집 문 앞에 발길을 멈추었습니다.

집 안에서 할머니 한 분이 방문을 열고 빼꼼히 내다보더니 반갑게 뛰어나왔습니다. 제자는 할머니를 보고 깜짝 놀랐습니다. 얼굴이 심하게 일그러진데다 코가 뭉툭했기 때문입니다. 할머니는 히로시마 원폭 피해자였습니다.

할머니는 스님의 걸망에 팥을 한 됫박 시주했습니다.

"성불하십시오, 나무관세음보살."

스님은 할머니에게 인사하고 그 집을 나왔습니다.

탁발을 마치고 돌아오는 길에 제자는 자꾸 의문이 들어서 여쭈었습니다.

"스님, 마을에 부자도 많은데 어째서 저 가난한 할머니에게 시주를 받으셨습니까?"

명진 스님은 대뜸 제자의 머리를 쥐어박았습니다.

"뭐라고? 너는 중 될 놈이 아니다. 이 길로 집에 돌아가라."

제자는 어리둥절했습니다.

"부처님께서는 복을 받으려면 복을 지으라고 하셨어. 내가 할머니에게 시주를 받은 것은 복을 짓게 하려는 거야. 너는 어찌 그것도 모르느냐!"

제자는 그제야 스승의 가르침을 깨달았습니다.

요즘 사람들은 복을 받으려고 하지
남에게 복을 주려는 생각은 하지 않습니다.
참으로 이율배반이지요.
콩 심은 데 콩 나고 팥 심은 데 팥 나듯이
복도 내가 베푸는 만큼 돌아오게 마련입니다.

변소가
해우소가 된 까닭 _경봉 스님

한국전쟁이 끝난 뒤 어느 날입니다.

양산 통도사 극락암에서 수행하던 경봉 스님이 나무토막에 '해우
소解憂所'라고 써서 시자에게 변소 앞에 걸라고 하셨습니다.

극락암에 온 사람들은 볼일을 보다가 해우소라는 글씨를 보는 순
간 한결같이 말했습니다.

"근심을 덜어내는 곳이라… 참 좋은 이름이네!"

사람들은 변소를 하필 해우소라고 이름 붙인 이유가 궁금해서 묻
곤 했습니다. 경봉 스님이 그 이유를 말씀하셨습니다.

"뱃속에 쓸데없는 것이 많으면 속이 더부룩해. 그와 마
찬가지로 마음이 언짢으면 몸에 좋지 않아. 그것들을 변소
에 다 버리고 나오라는 뜻이지."

그 후 해우소라는 이름은 절은 물론, 이 도시에서도 즐겨 사용됩
니다.

우리 몸속에는 날마다 더러운 것들이 쌓이고,
머릿속에는 온갖 잡생각이 들끓습니다.
해우소에 앉아 있는 시간,
몸속의 찌꺼기뿐만 아니라 근심까지
비워버리는 것은 참 즐거운 일입니다.

막걸리 먹는 소나무

어느 봄날 청도 운문사에 갔다가 비구니 스님에게 뜻밖의 이야기를 들었습니다.

"거사님은 술을 드십니까?"

"그럼요, 아주 잘 마십니다."

"운문사의 처진 소나무는 막걸리를 잘 마시죠. 사람은 술을 많이 마시면 이성을 잃고 온갖 추태를 부리지만, 처진 소나무는 영양을 보충하기 위해 봄마다 막걸리 열두 말을 마십니다. 그런 뒤에도 취하지 않고 맑은 향내를 뿜어내지요."

"아, 그런가요? 막걸리에는 영양이 가득하죠."

"그뿐만 아니라 처진 소나무에서는 새벽마다 맑은 목탁 소리가 흘러나옵니다."

"그래요? 처진 소나무가 목탁을 두드리는 것은 아닐 테고… 막걸리의 힘인가요?"

"처진 소나무가 새벽 예불의 청아한 목탁 소리를 품어서 이를 메아리처럼 다시 울리는 것이죠."

그날 산을 내려오는데 입구에서 갑자기 막걸리가 먹고 싶었습니다.

어리석은 사람은 술을 먹으면 취해서
앞뒤를 분간하지 못하고 추태를 부립니다.
맑고 지혜로운 사람은
운문사의 처진 소나무처럼
술을 마셔도 취하지 않고
자기 마음자리를 잘 살핍니다.

화를 참아 왕이 되다 _금오 스님

어느 날 금오 스님이 불자들을 모아놓고 법문을 했습니다. 조선 태조 이성계의 일화를 들어 "첫째도 화를 참고, 둘째도 화를 참고, 셋째도 화를 참아라"라는 내용이었습니다.

이성계가 장군 시절, 길을 가다가 점을 보는 봉사를 만났습니다. 호기심이 발동한 그는 봉사가 펴놓은 글자 중에 '물을 문問' 자를 짚었습니다.

봉사가 말했습니다.

"우문좌문右問左問 걸인지상乞人之相이오."

'이리저리 물어보나 당신은 영락없는 걸인'이라는 뜻입니다. 봉사는 점을 보는 사람이 장군임을 알 까닭이 없습니다. 이성계는 순간적으로 화가 나 봉사를 죽이고 싶었지만, 다시 곰곰이 생각했습니다.

'이는 나의 덕이 부족한 탓이다. 남해 보리암에 가서 백일기도를 올려야겠다.'

이성계는 지성껏 백일기도를 드린 뒤 점쟁이를 찾아가 다시 점을 보았습니다. 이번에도 그가 뽑은 글자는 '물을 문' 자였습니다. 그런데 봉사의 말이 지난번과 달랐습니다.

"우문좌문右問左問 군왕지상君王之相이오."
'이리저리 물어보나 당신은 군왕의 상'이라는 뜻입니다.

그 후 이성계는 조선을 세우고 왕이 되었습니다. 화를 참은 결과 부처님의 가피를 얻은 것입니다.

'탐욕'과 '성냄'과 '어리석음'을 삼독이라 합니다.
이중에서 가장 큰 마음의 독이 성냄이죠.
성냄은 번뇌의 원인이 됩니다.
아무리 열심히 일하고 타인과 신뢰를 쌓아도
단 한 번 성냄으로 모든 것을 잃을 수 있습니다.

있는 그대로
바라보기

큰스님과 탁발승

큰스님이 계셨습니다. 그분의 법문을 들으면 공덕을 많이 쌓게 된다고 해서, 법문할 때마다 법당에 신도가 가득 찼습니다.

그러던 어느 날, 법문을 듣기 위해 유명한 교수가 스님을 찾아왔습니다.

"스님, 법문을 들으려고 왔습니다. 이곳에서 듣는 것도 좋지만, 제집에 모셔서 공양을 올리려고 하니 찾아주시면 고맙겠습니다."

다음 날, 약속 시간이 되어 스님이 교수의 집에 갔습니다. 평소에 입는 화려한 법의 대신 누더기를 걸치고, 얼굴에 진흙을 잔뜩 묻히고 거지에 가까운 모습으로 찾아가 문을 두드렸습니다.

"지나가는 탁발승인데 배가 고파서 그러니 밥 좀 주십시오."

큰스님이 오신 줄 알고 반갑게 문을 열어준 교수는 불청객의 방문에 깜짝 놀랐습니다.

"사정은 딱하나 중요한 손님이 오실 예정이어서 안으로 맞을 수가 없습니다."

교수는 딱한 스님에게 공양하려고 했으나, 마침 큰스님이 오실 시각이라 차마 집 안에 들일 수가 없었습니다. 하지만 그 스님의 청이 간절해 음식을 조금 내어주었습니다.

잠시 뒤 얼굴을 깨끗이 씻고 법의로 갈아입은 스님이 다시 초인종을 눌렀습니다.

"큰스님 오셨습니까?"

교수는 반색을 하며 진수성찬이 차려진 방 안으로 모셨습니다.

"큰스님, 시장하실 텐데 어서 드십시오."

"아, 그러지요. 같이 들지요."

그런데 스님은 음식을 먹지 않고 온몸에 바르기 시작했습니다. 음식은 화려한 법의에 짓이겨지고, 갖은 양념과 음식이 법의에서 흘러내렸습니다.

이를 본 교수와 부인이 당황했습니다.

"아니 스님, 왜 이러십니까?"

"허허, 이 음식은 나를 보고 먹으라는 것이 아니라 이 옷이 먹으라고 내놓은 것 아닙니까?"

교수와 부인은 그제야 아까 찾아온 불청객이 큰스님이었음을 알아차렸습니다.

"큰스님, 저희가 정말 잘못했습니다. 용서해주십시오."

"괜찮습니다. 내가 오히려 미안합니다. 내가 당신들의 공덕을 시험해보았어요. 보시는 가려서 하는 것이 아닙니다. 올바른 보시는 공空한 것입니다. 공덕조차 공한 것인데, 어찌 이를 모르십니까?"

일본의 유명한 고승에 관한 일화입니다.
큰스님과 탁발승을 은연중에 차별하는 마음이
바로 분별심입니다.
분별심을 내려놓고 상대를 대할 때
진실한 사람이 될 수 있습니다.

무쇠솥 목욕탕 _허운 스님

옛날에는 절에서 목욕할 때 사람들이 새벽부터 돌아가면서 했습니다. 제일 마지막에 목욕하는 사람이 행자입니다. 커다란 무쇠솥에 데운 물로 모든 사람이 목욕을 하는데, 무쇠솥에 한 사람씩 들어가 뜨거운 물에 몸을 불리고 밖에 나와서 때를 밀었습니다.

허운 스님은 행자 시절, 제일 나중에 때를 불리고 무쇠솥에서 나왔다고 합니다. 어느 날 허운 스님이 솥에서 나오자 큰스님이 말씀하셨습니다.

"이놈 때 봐라. 새까맣게 나오네. 한 사발은 되겠다."

"큰스님, 제 것이 아니라 스님들 때가 모두 저에게 붙어서 그렇습니다."

"그럼 네놈 때가 아니고 누구 때냐? 너는 좋겠다. 중생의 모든 허물을 덮고 나와서. 그래, 네놈 부처 되라고 부처님께 기도하마."

우리 마음에는 알게 모르게
세상의 때가 많이 묻었습니다.
스님들은 그 마음의 때를 벗기기 위해
쉼 없이 수행하고 기도합니다.
당신은 마음의 때를 씻기 위해
어떤 노력을 하나요?

육신과 생각의 굴레에서
벗어나라

부처님께서 망굴라의 산에 계실 때입니다.

어느 날 한 제자가 부처님께 여쭈었습니다.

"세존이시여, 중생이란 누구를 말하는 것입니까?"

"자기 육신과 색色에 집착하는 사람을 중생이라 한다. 또 보고 듣는 감각(受), 지각(想), 의지(行), 의식(識)에 얽매이는 사람을 중생이라고 한다. 사람은 자기 육신과 생각의 굴레에서 벗어나야 한다. 그런 애착을 끊어야 괴로움에서 벗어날 수 있다.

비유하자면 어린아이가 모래성을 쌓은 뒤 '이것은 내 성이야'라고 하다가 성이 무너지면 발로 뭉개버리는 것처럼, 자기 육신과 생각의 굴레에서 벗어나야 진정 자유로운 사람, 부처가 될 수 있다."

어린아이의 마음을 닮으면 괴로움이 사라집니다.
아이들은 세상을
'있는 그대로' 보기 때문입니다.
그런데 몸이 자라고 생각이 많아지면서
분별과 의심이 생기고, 집착이 일어납니다.
어린아이의 마음을 닮아가세요.

자네는 아직
그것을 생각하는가?

　장마철에 큰스님과 시자가 탁발하러 마을로 가다가, 개울가에서 젊은 아낙을 만났습니다. 물이 불어난 개울을 건너지 못해 아낙이 발을 동동거리는데, 시자는 여자를 가까이해서는 안 된다는 계율 때문에 망설였습니다.

　그때 큰스님이 아낙을 덥석 업고 개울을 건넜습니다. 이것을 본 시자는 눈이 동그래졌습니다.

　한참 뒤 시자가 큰스님에게 여쭈었습니다.

　"수행자는 여자를 가까이해서는 안 된다고 하시면서 어찌 그 아낙을 업고 개울을 건넜습니까?"

　큰스님이 허허 웃으며 말씀하셨습니다.

　"이놈아, 나는 개울을 건너고 아낙을 내려놓았는데 너는 아직 그 아낙을 업고 있느냐?"

큰스님이 여자를 업고 개울을 건넌 것은
계율을 어긴 게 아니라 선행을 실천한 것입니다.
불가에서는 이를 두고
생각을 놓아버린 상태라고 합니다.
당신도 무거운 짐을 내려놓고 가벼워지세요.

있는 그대로
바라보기

시주 간판은
역전에 붙여라 _성철 스님

성철 스님이 창원 성주사에 머물 때입니다.

법당 위에 큰 간판이 걸렸는데, 거기에 중창 불사를 한 시주자의 이름이 있었습니다.

성철 스님이 간판을 보고 주지 스님에게 물었습니다.

"저 시주 간판은 누가 단 것인가?"

"마산에서 큰 한약방을 하는 처사가 달았습니다."

"저 사람 성주사에 자주 오는가?"

"아마 큰스님이 계신 것을 알면 조만간 절에 올 것입니다."

며칠 뒤 주지 스님의 말처럼 한약방을 운영하는 처사가 왔습니다. 그는 큰스님을 보자마자 삼배를 올렸습니다. 그때 성철 스님이 말씀하셨습니다.

"아, 당신 신심이 대단하구만. 나는 이곳 성주사가 처음이라 잘 모르지만, 어쨌든 당신 신심 대단하이."

처사는 스님의 칭찬에 우쭐했습니다.

"그런데 말이야, 저 법당에 단 시주 간판이 잘못되었어."

뜬금없는 스님의 말씀에 처사의 눈이 동그래졌습니다.

"무엇이 잘못되었습니까?"

"위치가 잘못된 것 같아. 저 시주 간판은 마산역 앞에 걸어야 많은 사람이 오가면서 마산 아무개가 법당을 시주했는지 알 게 아닌가. 이 산속에 달아봐야 누가 알겠어?"

처사는 그제야 고개를 숙이고 큰스님께 다시 절을 올렸습니다.

"어이구 큰스님, 죄송합니다."

이후 그는 간판을 떼어서 아궁이에 태워버렸다고 합니다.

이름을 밝히지 않는
독지가들이 있기에 이 세상이 따뜻합니다.
당신도 대가를 바라지 말고
작은 선행을 실천해보세요.
오른손이 하는 일을 왼손이 모르게 하는
순수한 마음이 '무주상보시'입니다.

천당과 지옥이 있을까요? _원효 스님

원효 스님이 지은 《발심수행장》에 이런 말씀이 있습니다.

"천당은 오지 못하게 막는 사람이 없는데도 가는 사람은 많지 않
다. 왜 그럴까? 마음속에 번뇌가 많아 문이 환하게 열려 있어도 못
들어가기 때문이다. 지옥은 오라고 하는 사람이 없는데도 발 디딜 틈
이 없다. 왜 그럴까? 오욕 덩어리를 떨쳐버리지 못하기 때문이다."

천당과 지옥이 있을까요?
있다고 믿으면 있고,
없다고 믿으면 없는 것입니다.
기왕이면 있다고 믿는 게 좋습니다.
그래야 착한 일을 많이 해서
천당에 가려고 하니까요.

생각의 말뚝 하나 _성철 스님

성철 스님이 설하신 법문을 소개합니다.

"나에게는 늘 생각하는 말뚝이 하나 있다. 오래전에 그 말뚝을 박
아놓았는데 아직 그것이 꽂혀 있다. 거기에는 '영원한 진리를 위해 일
체를 희생한다'고 적혔다. 마음의 등불은 한낮에 뜬 해처럼 우주를 비
추니, 다른 등을 켠다면 이는 대낮에 촛불을 켜는 것과 같다."

우리 마음은
바람에 흔들리는 나무처럼
남을 사랑하고 미워하고,
때로는 무섭게 증오합니다.
변화무쌍한 마음을 잘 다스리면
지혜롭게 살아갈 수 있습니다.
지금, 좋은 생각 하나를 말뚝처럼
마음속에 박아두는 건 어떨까요?

부자를 깨닫게 한
손가락 법문 _한암 스님

한암 스님이 서울 봉은사에 계실 때입니다. 하루는 강화도 전등사와 보문사에 가기 위해 길을 나서는데 비가 억수같이 퍼부었습니다.

지금이야 한나절이면 갈 수 있는 길이지만, 당시는 족히 이틀은 걸려서 할 수 없이 어느 부잣집에 신세를 지게 되었습니다.

집주인은 스님을 보자마자 빈정거렸습니다.

"누구는 죽어라 절약해서 돈을 모으는데 스님들이 보시하라, 나눠라 하는 것이 대체 옳은 말입니까?"

스님이 웃으면서 말씀하셨습니다.

"주인 양반, 손가락을 펴보시지요."

집주인이 손가락을 펴 보였습니다.

"지금 손가락을 폈는데 그 손가락을 오므리지 못하면 어떻게 됩니까?"

"그야 불구지요."

"이번에는 주먹을 쥐어보세요."

집주인이 주먹을 내밀었습니다.

"지금 주먹을 쥐었는데 펴지 못하면 어떻게 됩니까?"

"그야 불구지요."

"손가락을 자유자재로 펴고 오므리지 못하고 주먹을 쥐고 펼 수 없으면 불구이듯이, 재물도 모으기만 하고 제대로 쓰지 못하면 불구와 다름없습니다."

부잣집 주인은 크게 뉘우쳤습니다.

돈은 바르게 써야 모인다는 말이 있습니다.
아무리 많은 재산도
죽을 때 가져가지 못합니다.
힘들게 번 돈을 제대로 쓰지 못하면
그 노력이 무슨 소용일까요?
돈을 쓰는 데도 지혜가 필요합니다.

돈은 부처도 되고
악마도 된다 _경봉 스님

한 여인이 통도사 극락암에 계신 경봉 스님을 찾아가서 여쭈었습
니다.

"스님, 돈이란 무엇입니까?"

"돈은 어떻게 쓰느냐에 따라 부처도 되고, 예수도 되고,
악마도 된다."

평소 재물은 아무 소용없다고 하시던 큰스님이기에, 여인이 다시
여쭈었습니다.

"왜 그렇습니까?"

"돈이 없어 굶는 사람에게 양식을 사주면 부처님이요, 병든 사람에
게 약을 사주면 약사여래불이요, 예수님이다. 반대로 돈을 빼앗기 위
해 도둑질하면 도둑놈이 되지. 우리가 먹는 물도 소가 먹으면 우유가
되고, 뱀이 먹으면 독이 되듯이 돈도 쓰기 나름이다."

여인은 고개를 끄덕이고 돌아갔습니다.

금으로 반지나 귀고리를 만들면
그 금은 욕망의 덩어리가 됩니다.
금붙이를 팔아 배고픈 이에게 양식을 주고
병든 이를 치료해주면 그 금은 부처가 됩니다.
가치를 결정하는 것은 우리 마음입니다.

있는 그대로
바라보기

혜월 스님의 셈법

조선 말에 혜월 스님이 계셨습니다. 스님은 절에 일이 없는데도 가난한 조선인을 불러 법문을 하시고 쌀을 나눠주었습니다. 그냥 양식을 나눠주면 자존심이 상할 것 같았기 때문입니다.

그러던 어느 날, 스님은 절의 재산인 비옥한 논 다섯 마지기를 팔아 비탈진 산을 샀습니다. 농민에게 품삯을 주고 이 산을 개간하여 벼를 심었지만, 곡식이 세 가마니밖에 나오지 않았습니다.

하루는 참다못해 제자가 여쭈었습니다.

"스님, 곡식이 열 가마나 나오는 논을 팔아서 자갈투성이 산을 사고 또 그 산을 개간한 것은 도대체 어떤 연유입니까?"

"이놈아, 논 다섯 마지기는 팔았지만 산을 개간하여 다섯 마지기가 생기지 않았느냐. 생각해봐라. 일본 놈들에게 판 논도 우리 농민이 농사를 짓고, 산을 개간하는 데 일꾼이 필요하지 않았느냐. 그러니 우리 농민에게는 큰 이익이 되었느니라."

세상의 셈법으로 보면 기가 막힌 일입니다. 혜월 스님의 셈법은 재산을 불려가는 개념이 아니라, 가난한 농민에게 일을 주기 위한 지혜입니다. 가히 당대 큰스님의 셈법이라 하지 않을 수 없습니다.

옥토를 팔아 척박한 산을 일구게 한 것은
중생을 사랑하는 자비심입니다.
눈앞에 닥친 일에
전전긍긍하는 우리에게
넓고 긴 안목을 보여주는 지혜가 아닐까요?

여인을 재운 대가 _금오 스님

법주사 조실 월서 스님에게 들은 이야기입니다.

월서 스님이 대구의 한 사찰에서 주지로 있을 때였습니다. 어느 날 한 여신도가 스님을 기다리다가, 야간 통금 시간에 걸려 오도 가도 못하는 신세가 되었습니다. 절에 마땅히 잘 데도 없어서 마침 비어 있는 주지 스님의 방에서 하룻밤 묵어가기로 했습니다.

그날 월서 스님은 외부에서 급한 일을 보고 다음 날 새벽에야 돌아왔습니다. 그런데 처음 보는 여인이 방 안에 홀로 잠들어 있는 게 아닌가요.

깜짝 놀란 스님은 여인을 깨워 빨리 집으로 돌아가라고 했습니다. 그런데 여인이 주지 스님의 방에서 나오는 것을 은사이신 금오 스님이 목격하고 말았습니다.

찬바람이 매서운 겨울 아침, 노스님은 모든 스님을 마당에 불러 모았습니다.

"오늘 부처님의 법을 어긴 중놈이 여기에 있다. 어서 나오너라."

월서 스님이 앞으로 나와 섰습니다.

"네 이놈, 어서 이실직고해라. 그 여인과 방에서 무슨 짓을 했어?"

스님은 무릎을 꿇고 사실대로 말했습니다. 하지만 금오 스님은 그 말을 믿지 않았습니다. 결국 월서 스님은 바지를 내리고 차가운 절 마당에 엎드려 모든 스님들에게 돌아가면서 엉덩이에 피멍이 들도록 맞았습니다.

금오 스님이 말씀하셨습니다.

"그 여인과 한 짓이 중요한 것이 아니다. 중놈의 방에서 여인이 자고 나왔다는 것이 문제다. 그것은 네가 그동안 처신을 잘못한 결과다."

살다 보면 본의 아니게
오해받을 때가 있습니다.
이때 자꾸 변명하려고 들면
오히려 더 큰 오해를 살 수 있습니다.
자기 본분을 잊지 않는 것이 중요합니다.
문득 엄격했던 옛 승가가 그리워집니다.

밤새 목탁만 두드렸다 _월서 스님

법주사 조실 월서 스님이 강원도 오대산 암자에서 동안거를 할 때입니다. 한 평 남짓한 암자에서 석 달 동안 안거를 마치고 드디어 산을 내려가기 전날 저녁 무렵이었습니다.

한 여인이 암자의 방문을 두드렸습니다.

"스님, 제가 큰절에서 기도하고 내려가다가 그만 길을 잃고 말았습니다. 지금은 어두워서 도저히 내려갈 수 없으니, 오늘 밤만 이 암자에 머물도록 해주십시오."

그 순간, 월서 스님의 뇌리를 스쳐가는 얼굴이 있었습니다. 참선 수행 중에 꾸벅꾸벅 졸기만 해도 여지없이 죽비를 내려치는 은사이신 금오 스님이었습니다.

"보살의 사정이야 딱하지만 지금 저는 안거 중이라 그럴 수 없습니다."

방문을 꽝 닫았지만 여인은 요지부동이었습니다.

하긴, 그 밤중에 산길을 내려가기는 힘들 것 같았습니다. 여인은 감기가 들었는지 기침을 심하게 했고, 눈발에 옷이 다 젖어 몸을 떨고 있었습니다.

그 순간 스님은 생각했습니다.

'불교가 무엇인가? 중생을 구제하는 것이 아닌가. 저러다가 탈이라도 나면….'

그날 밤 스님은 여인에게 방을 내주고, 자신은 승복을 두 겹이나 껴입은 채 암자 밖에서 밤새 눈을 감고 목탁만 두드렸다고 합니다.

"나무아미타불 관세음보살 나무아미타불…."

눈을 뜨자, 어느새 날이 환하게 밝아왔습니다. 마침내 동안거를 무사히 마친 것입니다.

시련을 극복하고 회향의 아침을 맞이한
스님의 이야기가 큰 가르침을 줍니다.
동안거를 마치는 날 찾아온 그 여인은
어쩌면 스님의 근기를
시험하러 온
보살인지도 모르겠습니다.

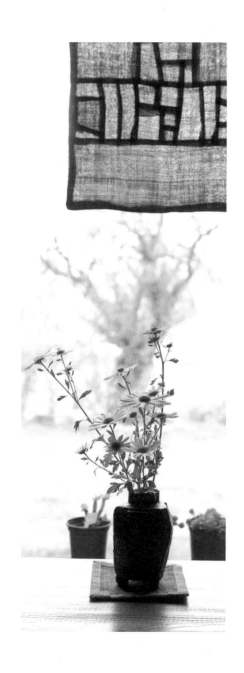

있는 그대로
바라보기

주인공아,
정신 차려라

옛날 중국에 서암이라는 고승이 있었습니다.

스님은 아침이면 마당에 나가 자신을 꾸짖고 스스로 답했습니다.

"주인공아, 정신 차려라."

"예."

"주인공아, 남을 속이지 마라."

"예."

"주인공아, 남에게 속지도 마라."

"예."

"주인공아, 남을 위해 살아야 한다."

"예."

"주인공아, 최선을 다해 살아야 한다."

"예."

스님은 늘 이렇게 마음의 중심을 잡았습니다.

우리 마음은
형체도 없고 실체도 없으며,
어디로 튈지 알 수 없는 럭비공 같습니다.
하지만 마음의 중심을 잘 잡으면
거친 세상을 능히
헤쳐 나갈 수 있지 않을까요?

뛰는 도둑 위에
나는 도둑

장산 스님은 신도에게 생활 법문을 잘하기로 유명한 분입니다.

하루는 중국에 전해 내려오는 한 도둑에 관한 법문을 했습니다. 그 내용은 이러합니다.

옛날 중국에 도둑질을 잘하는 후백이라는 사람이 있었습니다. 하루는 부잣집에서 많은 재물을 훔쳐서 달아나다가, 한 남자가 우물을 들여다보는 것을 보고 물었습니다.

"우물에 무엇이 있기에 안절부절못하는 거요?"

"아버지가 나에게 물려준 진귀한 보물이 있는데, 물을 먹다가 그만 우물에 빠뜨리고 말았소."

후백은 자신이 훔친 재물 보따리는 잊고 욕심이 생겨 다시 물었습니다.

"내가 그것을 건져줄 테니 나에게 얼마를 주겠소?"

"건져만 준다면 보물을 정확히 나눠주겠소."

후백은 곧 우물 안으로 들어갔습니다.

그런데 아무리 살펴보아도 보물은 없었습니다. 그때 이상한 생각이 들어서 우물 밖을 보고 소리쳤습니다.

하지만 그 남자는 후백이 훔친 재물 보따리를 들고 도망친 다음이었습니다.

우리는 각자
빛나는 보물을 가지고 있습니다.
혹시 당신이 가진
보물을 발견하지 못하고
남의 것을 탐하지는 않나요?

감나무를 심는 이유 _경봉 스님

이른 아침, 통도사 극락암에 계신 경봉 스님이 감나무를 심기 위해 제자들을 불러 모았습니다.

그때 어린 제자가 투덜거렸습니다.

"큰스님, 이 감나무 심어서 언제 따 먹어요?"

스님이 혀를 끌끌 차며 말씀하셨습니다.

"너 극락암 앞에 있는 감나무의 감을 따 먹은 적이 있느냐?"

"네, 스님. 지난가을 나무에 올라가서 감을 따 먹었지요."

"그 감나무는 언제 심은 것 같으냐? 아마 네놈 나이보다 세 곱은 더 먹었을 거다. 그 감나무를 심은 스님은 지금 없고, 너희가 그 감을 따 먹지 않느냐. 너희는 감 따 먹을 생각 마라. 나중에 수행할 아이들이 먹을 거다."

제자는 그제야 자신의 어리석음을 깨달았습니다.

내가 지금 하는 일이
타인의 행복을 위한 것이라면
그보다 가치 있는 일은 없습니다.
오늘, 마음속에 타인을 위한
자비의 나무 한 그루 심어보세요.

있는 그대로
바라보기

경허 스님의 알몸 법문

경허 스님이 서산 천장암에 기거할 때입니다.

그날은 속가의 어머니 생신이어서 법문을 듣기 위해 어머니 박씨 부인을 비롯해 마을 사람들이 법당에 가득 모였습니다. 스님은 한동안 아무 말도 하지 않다가 갑자기 옷을 벗기 시작했습니다. 모두 말을 잃은 가운데 스님은 아랫도리까지 홀랑 벗고 소리쳤습니다.

"어머니, 여기를 보십시오!"

스님이 어머니를 불렀지만 박씨 부인은 차마 고개를 들 수 없었습니다.

스님은 다시 옷을 입고 법문을 시작했습니다.

"어머니와 대중은 나의 알몸을 잘 보았소. 어머니는 나를 낳고 기를 때 내가 똥을 싸면 벗겨서 씻어주고, 옷이 젖으면 벗겨서 갈아입혔습니다. 세월이 흘러 어머니는 늙고 나는 이렇게 자랐습니다. 어머니와 자식은 세월이 흘러도 변함이 없는데, 어머니는 오늘 내 벗은 몸이 망측하다고 고개도 들지 못했습니다.

그 옛날 나를 벗겨 씻어주고 입혀주시던 어머니는 간데 없고, 이제 벌거벗은 아들의 모습조차 보지 못하는 어머니 만 남았으니 이것은 무엇 때문이오? 바로 간사한 사람의 마음 때문이오. 이렇듯 부모 자식 간에도 마음이 변하는데 어찌 우리 마음이 변하지 않겠소?"

마을 사람들은 큰 깨달음을 얻고 돌아갔다고 합니다.

우주 만물은 잠시도
한 모양으로 머무르지 않습니다.
우리 마음도
시시각각 변하고 또 변합니다.
중요한 것은 처음 마음을 잃지 않는 것입니다.
그것은 본래 부처였던 우리의 본심입니다.

산이 가느냐,
배가 가느냐? _만공 스님

　만공 스님이 제자 혜암과 진성을 데리고 간월도에서 안면도로 갈
때입니다. 세 사람은 작은 배를 타고 가면서 해안 풍경을 바라보았습
니다.

　그때 만공 스님이 진성 스님에게 물었습니다.

　"저 산이 가느냐, 이 배가 가느냐?"

　진성 스님이 대답했습니다.

　"산과 배, 둘 다 가지 않습니다."

　"그러면 무엇이 이렇게 배를 끌고 가느냐?"

　혜암 스님이 자리에서 일어나 대답했습니다.

　"산이 가는 것도 아니요, 배가 가는 것도 아닙니다."

　다시 만공 스님이 물었습니다.

　"그러면 무엇이 이렇게 가느냐?"

　혜암 스님이 흰 손수건을 번쩍 들었습니다.

　"손수건이 흔들리니 바람이 우리를 가게 합니다."

만공 스님이 물었습니다.

"자네, 살림이 언제부터 그런가?"

혜암 스님이 다시 말했습니다.

"제 살림은 오래전부터 이러합니다."

만공 스님은 그 말을 듣고 말없이 고개를 끄덕였습니다.

바다에 떠 있는 배는
어떤 힘으로 나아갈까요?
엔진의 힘일까요, 아니면 바람의 힘일까요?
우리는 어떤 힘으로 살아갈까요?
존재하는 이유는 무엇일까요?
한번쯤 자신에게 물어보세요.

남을 비방하는 일

부처님을 향해 끝없이 욕을 퍼붓는 외도外道가 있었습니다. 그는 매일같이 부처님에게 욕을 했는데 부처님은 조금도 개의치 않았습니다.

어느 날 그자가 흙을 한 주먹 쥐고 부처님을 향해 던졌습니다. 그런데 마침 바람이 불어 흙이 도리어 그자의 눈으로 들어갔습니다.

멀리서 지켜보던 마을 사람들이 깔깔 웃었습니다.

이때 부처님이 말씀하셨습니다.

"아무에게나 함부로 욕하거나 해악을 끼쳐서는 안 된다. 원한이 있는 사람이나 몸과 마음이 청정한 사람에게 나쁜 말을 하면 그 해는 반드시 자신에게 돌아온다. 마치 바람을 거슬러 흙을 뿌리면 그 흙이 오히려 자신을 더럽히는 것과 같다."

외도는 그제야 크게 뉘우쳤다고 합니다.

우리는 남의 허물은 잘 보지만
제 허물은 잘 보지 못합니다.
다른 사람을 향한 비난은
결국 자신에게 돌아옵니다.
남의 허물을 들춰서 비난할 시간에
자신을 한 번 더 돌아보세요.

굴러다니는
저 돌도 부처다 _현해 스님

월정사 현해 스님이 대중에게 법문을 하셨습니다.

"내가 부처라고 생각하면 굴러다니는 돌멩이도 부처다. 내가 부처라고 생각하면 나를 낳아주신 부모님도 부처다. 내가 부처라고 생각하면 이웃도, 산과 들에 피는 꽃과 나무와 새도 부처다. 내 안에 욕심이 가득한 사람은 부처를 온전히 볼 수 없다."

우리는 항상
자기 관점에서 보게 마련입니다.
내가 선하면 남도 선하고,
내가 악하면 남도 악하게 보입니다.
부처 눈에는 부처만,
돼지 눈에는 돼지만 보이는 법이니까요.

있는 그대로
바라보기

3부

너를 힘들게 한 것이
무엇이냐?

말을 잘한다고 해서
현명한 이가 되는 것은 결코 아니다.
그 마음이 충만하여 두려움이 없는 사람을 일러
현명한 이라 한다.

《본생담》

성철 스님의 삼천배

·

눈이 수북이 쌓인 어느 날, 성철 스님이 계신 해인사 백련암에 신
도 수십 명이 찾아왔습니다.

"성철 스님을 뵈려면 삼천배를 해야 한다는데 어쩌지?"

얼음장 같은 법당 마루에서 신도들은 삼천배를 어찌할지 걱정하고
있었습니다. 그래도 성철 스님을 뵙고 법문을 듣는다는 설렘으로 장
장 아홉 시간 동안 삼천배를 했습니다.

"와, 다 했다!"

신도들은 삼천배를 했다는 생각에 기쁨이 넘쳤습니다.

시자가 성철 스님이 머무시는 염화실로 그들을 안내했습니다.

"스님이 우리를 대견하게 생각하실 거야."

"그럼, 우리가 얼마나 지극정성으로 절했는데…."

마침내 염화실 문이 열리고 성철 스님이 나타났습니다.

모두 숨을 죽이고 스님의 법문을 기다리는데 신도들의 바람과 달
리 스님은 엉뚱한 말씀을 하셨습니다.

"시자야, 저 종이를 가져오너라."

종이에는 원 하나가 있었습니다.

신도들은 심장을 쾅쾅 때리는 '마음 법문'을 기대했기에 실망이 컸습니다. 그때 한 신도가 입을 열었습니다.

"큰스님, 저희는 큰스님의 법문을 듣기 위해 무려 아홉 시간 동안 삼천배를 했습니다."

성철 스님이 말씀하셨습니다.

"어허, 자기 기도는 자기가 하는 거야. 엄동설한에 삼천배를 했으니 각자에게 큰 기도를 한 셈이지. 그러니 그 기도에 비하면 내 법문은 사족에 지나지 않아."

그 순간 신도들은 큰 깨달음을 얻고 돌아갔다고 합니다.

삼천배에는 삼라만상의 법문이 깃들었습니다.
삼천 번 엎드려 절하는 동안
마음을 비워내며 온유한 마음에
스스로 동화됩니다.
그러니 삼천배는 부처님에 대한
지극한 공경심의 표현이자
나의 욕망과 집착을 내려놓는 하심입니다.

너를 힘들게 한 것이
무엇이냐?

네 마음부터 닦아라 _승찬 스님

사미승이 승찬 스님께 여쭈었습니다.

"큰스님, 도대체 부처님의 마음이 뭔가요?"

승찬 스님이 되물었습니다.

"네 마음은 무엇이냐?"

사미승이 우물쭈물하다가 대답했습니다.

"어떤 것이 제 마음인지 잘 모르겠습니다."

그러자 승찬 스님이 웃으면서 말씀하셨습니다.

"이놈아! 네 마음도 모르면서 어찌 부처님의 마음을 알 겠느냐?"

당신은 지금,
당신의 마음자리를 잘 살피고 있나요?
내 마음도 잘 모르면서
어찌 남의 마음을 헤아릴 수 있을까요?
먼저 내 마음을 살피는 것이 중요합니다.

너를 힘들게 한 것이
무엇이냐? _금오 스님

월서 스님이 출가 전인 스무 살 청년 시절, 하루는 화엄사에 계신 금오 스님을 찾아갔습니다.

"번뇌와 망상에서 벗어나 대자유를 얻으려면 출가해야 한다. 절에 들어와 수행할 생각은 없느냐?"

청년은 스님의 말씀이 귀에 들어오지 않았지만, '대자유'라는 말에 솔깃했다고 합니다. 며칠 동안 고민하던 청년은 다시 금오 스님을 찾아갔습니다.

"스님, 힘들어서 더는 견딜 수 없습니다. 출가하겠습니다."

"그래, 너를 힘들게 한 것이 무엇이냐?"

청년은 할 말을 잃었습니다. 뭔가 둔중한 것으로 머리를 얻어맞은 것 같은 느낌이었습니다.

금오 스님이 청년에게 말씀하셨습니다.

"맑고 깨끗한 유리창 앞에 서면 사물이 깨끗하게 보이지만, 흐리고 더러운 유리창 앞에 서면 더럽게 보일 것이다. 선악미추의 기준은 어디에서 생기는가? 모든 것은 오직 마음 하나에 만들어진다."

청년은 어지럽던 망상이 모두 사라지고 마음이 평온해졌습니다.

"스님, 저도 부처가 될 수 있습니까?"

"이 세상에 부처가 아닌 것은 하나도 없다."

그 후 청년은 무명초를 깎았습니다. 머리카락과 함께 오랫동안 그
를 괴롭히던 번뇌와 망상도 모조리 땅에 떨어졌습니다.

좋다, 나쁘다 혹은 아름답다, 추하다…
이것을 구분하는 기준은 무엇일까요?
모든 것은 마음이 만들어냅니다.
무명초를 깎아 망상을 여의듯이,
분별심을 버리고
지혜의 등불을 밝혀보세요.

너를 힘들게 한 것이
무엇이냐?

항아리 속에
들어간 춘성 스님

춘성 스님이 금강산 유점사에서 불철주야 수행할 때 일입니다. 스님은 한없이 밀려드는 졸음을 이기려고 비장한 결심을 했습니다.

법당 근처 빈터에 구덩이를 파고 큰 항아리를 묻은 뒤, 그 안에 물을 부었습니다. 살을 에는 한파에 물이 얼어붙을 지경인데도 스님은 수행하다 잠이 오면 승복을 벗고 항아리 속으로 들어가 얼굴만 내놓고 정진했습니다.

그러던 어느 날 스님은 쾌재를 불렀습니다.
"드디어 잠에게 항복을 받았다!"

춘성 스님은 이처럼 잠에서 벗어나기 위해 치열한 수행을 했다고 합니다.

참선 수행 중에
가장 무서운 마귀는 졸음이라고 합니다.
여간한 수행자가 아니고는
몰려오는 졸음을 물리치기 쉽지 않습니다.
지독한 한파에도 졸음을 이기기 위해
찬물에 몸을 담갔다니
수행자로서 서릿발 같은 기개가 느껴집니다.

너를 힘들게 한 것이
무엇이냐?

그 담요
이리 내놓아라 _춘성 스님

춘성 스님이 도봉산 망월사에서 동안거 수행을 할 때입니다. 젊은 수좌들이 담요를 덮고 자는데 불호령이 떨어졌습니다.

"수행자가 편하고 따뜻하게 자는 것은 있을 수 없는 일이다. 이놈들아, 당장 그 담요 이리 내놓아라!"

큰스님은 기어이 담요를 빼앗아 마당에서 불태웠습니다.

춘성 스님은 출가자의 본분에서 벗어난
행동을 용납하지 않았습니다.
아무 데도 걸림이 없는 대자유인으로 살았기에
'무애도인'으로 널리 알려진 분입니다.
한평생 무소유 정신을 철저히 실천했고,
입적 후 사리는 유언대로 서해에 뿌려졌습니다.

자네,
왜 절에 오는가? _월서 스님

어느 날, 한 신도가 월서 스님을 찾아와서 여쭈었습니다.

"스님, 절은 무엇을 하는 곳입니까?"

스님이 웃으며 대답했습니다.

"목욕탕이지."

"스님은 농담도 잘하시네요."

그 신도는 진심 어린 스님의 말을 농으로 들었는지 연신 깔깔 웃
었습니다.

월서 스님이 신도에게 물었습니다.

"자네, 왜 절에 오는가?"

"부처님 만나러 오지요."

"자네 집에도 부처가 있는데 왜 여기에 와? 자네는 아직
때를 씻지 못했군."

"저희 집에 부처가 있다뇨?"

"남편과 아이들 있어?"

"네."

"그들이 바로 부처야. 그러니 가족을 잘 모셔야 해. 그리고 때를 자주 벗겨."

"때를 벗기라뇨?"

"허허, 육신의 때를 벗기는 곳이 목욕탕이라면 마음의 때를 벗기는 곳이 절이지."

신도는 그제야 자신의 무지를 깨닫고 머리를 조아렸습니다.

부처님은 절에만 계시지 않습니다.
남편과 아내,
부모와 아이들이 다 부처님입니다.
내 집에 있는 부처님께 매일 절하며
마음의 때를 벗겨보세요.

너만 외로운 것이 아니다 _활안 스님

송광사 천자암 조실인 활안 스님이 젊은 시절, 산에 나무하러 갔다가 낮에 손을 베었습니다. 금세 피가 흥건히 흐르자 신세 한탄이 절로 나오고 마음속에 의구심이 가득 찼습니다.

"아아, 꼭 이렇게 해야 성불할 수 있나?"

그날 저녁, 활안 스님이 참선을 하다가 깜빡 졸았습니다. 그때 꿈속에 부처님이 나타나 스님에게 팔베개를 해주며 이렇게 말씀하셨다고 합니다.

"너만 외로운 것이 아니다. 과거, 현재, 미래의 제불 성현도 타고난 기틀을 쓰지 못하면 다 녹슬고 마는 법이다."

그 순간 스님은 벌떡 일어나 부처님께 삼배하며 기필코 성불하겠다고 다짐했습니다.

각박한 인심 탓에 사람을 만나면
터무니없이 의심부터 하는 분이 많습니다.
우리가 자꾸 외로워지는 것은
타인을 의심하며
스스로 멀어지려고 하기 때문 아닐까요?

부처를 만나면
부처를 죽여라 _법정 스님

1983년, 법정 스님이 서울대 캠퍼스에서 강연을 했습니다.

"부처를 만나면 부처를 죽이고, 대통령을 만나면 대통령을 죽여라."

당시는 군부 세력이 쿠데타를 일으켜 민주주의를 유린하던 때입니다. 군부독재에 치를 떨던 대학생들은 스님의 강연을 듣고 환호하며 뜨거운 박수를 보냈습니다.

그중에는 법정 스님의 '안심 법문'을 듣고 출가를 결심한 학생도 있었습니다.

법정 스님이 그 학생에게 물었습니다.

"자네는 누군가?"

"제가 누구인지 모르겠습니다."

"출가는 왜 하려는가?"

"제가 누구인지 몰라서 출가하려고 합니다."

"그럼 출가를 해보겠는가?"

"네, 스님."

서울대 법대에 다니던 그 학생은 이후 스승의 그림자를 따라 출가 수행자가 되었습니다.

당신이 지금
이 세상에 사는 이유는 무엇인가요?
내가 누구인지, 무엇을 하는지
깊이 고민해본 적이 있나요?

승복이 괴색인 까닭

한 신도가 스님에게 승복의 색깔에 대해 여쭈었습니다.

"스님, 조계종 스님들이 입는 승복은 무슨 색입니까?"

"빨간색도 흰색도 아니고, 검은색도 파란색도 아닙니다. 나는 내가 입은 승복의 색깔을 모릅니다."

"스님, 회색 아닌가요?"

"무슨 색인지 모릅니다. 색을 무너뜨린 색이라고 해서 그냥 괴색壞色이라고 부르지요. 모름지기 수행자의 모습은 이와 같아야 합니다. 겉모습에 신경쓰고 듣기 좋은 말만 해서는 안 된다는 뜻입니다."

"아, 수행자는 색을 세워서는 안 된다는 말이군요."

아무리 화려한 색이라도
햇볕에 바래면 회색으로 변합니다.
스님들이 입는 옷이 회색인 것은
수행자로서 품위와 희로애락을 초월한 심경을
나타내기 때문이 아닐까요?

너를 힘들게 한 것이
무엇이냐?

효봉 스님의 제자 사랑

법정 스님의 은사인 효봉 스님은 제자 사랑이 극진했다고 정평이 났습니다.

효봉 스님에게 '일관'이라는 법명을 가진 제자가 있었습니다. 그는 불교 정화운동에 몸담았는데, 그 후 환속하여 5·16군사정변 때 수배되기도 했습니다. 그가 바로 동국대 철학과 교수를 지낸 박완일 법사입니다.

수배자가 되어 쫓기는 신세일 때, 그가 효봉 스님이 거처하던 통영 미래사에 숨어들었습니다.

"스님, 일관이 인사드립니다."

"그래, 운동은 잘하고 있나?"

"죄송합니다."

"죄송할 것 없다. 당분간 내 방에서 숨어 지내라."

효봉 스님이 시자를 불러 말씀하셨습니다.

"오늘은 국수를 좀 만들어라."

공양시간이 되어 국수를 차린 상이 들어오자 박완일이 효봉 스님에게 물었습니다.

"스님, 웬 국수입니까?"

"이놈아, 도망 다닌다고 날짜 가는 줄 몰랐구나. 오늘이
네놈 귀빠진 날이다."

제자 박완일의 눈에 눈물이 가득 맺혔습니다.

불가에서 은사와 상좌는
스승과 제자인 동시에 부모, 자식과도 같습니다.
큰스님이 차려주신 국수 한 그릇에
감동하여 눈물 흘리는 제자의 모습이
흐뭇하기도 하고, 마음 아프기도 합니다.
이것이 승가에서 추구해야 할 참모습이 아닐까요.

왜 땅바닥에 대고
절합니까? _보성 스님

삼보일배란 세 걸음 걷고 한 번 절한다는 뜻입니다. 삼보일배가 본격적으로 시작된 때는 1992년 통도사에서 열린 대한불교조계종 행자 교육입니다.

보성 스님이 행자들에게 삼보일배를 시키려고 하는데, 행자 교육을 맡은 스님이 불쑥 여쭈었습니다.

"큰스님, 왜 멀쩡한 법당을 두고 땅바닥에 대고 절합니까?"

"이놈아, 너는 중이 맞냐?"

"네, 스님. 중입니다."

"수행자라는 놈이 어찌 그런 소리를 하는가. 자장 스님이 통도사를 지을 때 그냥 지었니? 중국 오대산에 갔다가 올 때 비행기 타고 왔냐, 자동차 타고 왔냐? 이놈아, 한 걸음 딛고 땅바닥에 절 한 번 하고, 그러다가 문수보살 만나고 부처님 진신사리를 구해 와서 이 통도사를 세웠어. 그런데 네놈이 법당을 두고 땅바닥에 절한다고 대들어?"

행자 교육을 맡은 스님은 그제야 고개를 푹 숙였습니다.

"쯧쯧… 삼보일배는 하심이야, 하심."

그 후 삼보일배는 수행의 한 방법이 되었습니다.

한없이 낮은 데로 흐르는 물처럼,
나를 낮추는 하심이 수행의 시작입니다.
그러니 낮추고, 낮추고
또 낮추세요.

효봉 스님과 구산 스님

효봉 스님과 구산 스님은 스승과 제자입니다.

어느 날 구산 스님이 동남아로 불교 성지 순례를 떠났습니다. 며칠이 지나자 효봉 스님은 날마다 구산 스님의 귀국일을 물었다고 합니다.

"우리 구산이 언제 오냐?"

"내일이면 옵니다."

스님은 다음 날 또 물었습니다.

"우리 구산이 언제 오냐?"

"내일이면 옵니다."

그다음 날도 마찬가지였습니다. 시자는 효봉 스님이 물으시면 내일이라고 대답했습니다. 그런데 효봉 스님은 역정을 내거나 귀국 일자를 따져 묻지 않았다고 합니다.

큰스님의 인자함이 그대로 드러나는 이야기입니다. 그때 시자였던 보성 스님은 이런 효봉 스님을 보고 더욱 존경했다고 합니다.

선지식의 기품은 효봉 스님과 같은
인자함에서 나오는 것이 아닐까요?
첫째도 사랑, 둘째도 사랑,
셋째도 사랑하는 마음이 있다면
당신이 곧 선지식입니다.

너를 힘들게 한 것이
무엇이냐?

산산조각 난 롤렉스 시계 _성철 스님

성철 스님이 성전암에 머물 때, 한 신도가 엄청나게 비싼 롤렉스 시계를 선물로 사 왔습니다.

"스님, 이곳은 산이 깊어 시간 가는 줄 모르겠습니다. 그래서 제가 시계를 하나 사 왔습니다."

스님은 비싼 외제 시계임을 알았지만, 신도의 성의를 생각하여 마지못해 받았습니다.

신도가 돌아간 뒤 스님이 마당으로 나왔습니다.

"시자야, 도끼를 가져오너라."

성철 스님은 시계를 바위에 얹고는 도끼로 내려치려고 했습니다.

이를 본 시자가 기겁을 하고 말렸습니다.

"아유 스님, 그 비싼 시계를 어찌 부수려 하십니까!"

"원래 참선이란 시간 가는 줄 모르고 해야 하거늘, 수행하는 중놈이 시계 볼 짬이 어디 있어. 시계 따위가 왜 필요해."

제자들의 입에서 안타까운 탄식이 흘러나오는 가운데 롤렉스 시
계는 산산조각 나고 말았습니다.

불가의 수행은 말 그대로 '시간 죽이기'입니다.
오나가나, 앉으나 서나
오직 화두를 붙잡고 참선하는 수행자에게
시간이 무슨 의미가 있으며,
시계가 무슨 소용이 있을까요?
시간의 노예가 되지 말고 주인으로 살아가세요.

기지로 지켜낸 범종 _전강 스님

일제강점기, 전남 나주 다보사에 선지식 전강 스님이 계셨습니다. 당시는 태평양전쟁 말기로 일본이 무기를 생산하기 위해 민가의 수저는 물론 사찰의 범종까지 공출하던 때입니다.

하루는 경찰서장이 다보사의 범종을 공출하려고 왔습니다. 전강 스님은 시자에게 법당에서 기도한다고 전하라고 했습니다.

경찰서장이 기도하는 주지 스님을 찾았습니다.

"당신이 주지요? 나는 경찰서장이오."

"그렇소, 어찌 오셨소?"

"주지는 지금 범종을 공출한다는 것을 모르시오?"

스님이 기도를 멈추고 말씀하셨습니다.

"지금 우리 절에서는 천황의 만수무강과 국태안민國太安民을 위해 기도드리고 있소."

경찰서장은 천황을 위해 기도한다는 말에 자세를 바로잡고 앉았습니다.

스님이 말을 이어 나갔습니다.

"기도할 때는 독경을 하며 종도 쳐야 하오. 종을 가져간다면 천황을 위한 기도를 멈출 수밖에 없소. 그래도 좋다면 가져가시오."

경찰서장은 할 말이 없어 입맛만 다시다가, 차를 한잔 얻어 마시고 돌아갔습니다.

전강 스님이 기지를 발휘하지 않았다면
우리는 다보사의 아름다운
범종 소리를 듣지 못했겠지요.
산사에 가거든
은은한 범종 소리에 번뇌를 녹여보세요.

조개가 다 물어 갔어 _효봉 스님

효봉 스님이 송광사에 계실 때입니다. 스님은 일제강점기 조선인 최초의 판사로 일하던 중 조선인에게 사형을 선고한 뒤 고뇌하다가 출가했습니다.

하루는 송광사의 보살이 경내가 적적한 것을 보고 효봉 스님에게 여쭈었습니다.

"그 옛날 잘생긴 스님들은 다 어디로 갔습니까?"
스님의 대답이 걸작입니다.
"조개들이 다 물고 갔어."
그 보살은 파안대소했습니다.

얼마 후 어느 동자승이 이 이야기를 들었습니다. 당시 열세 살이었던 동자승은 충격을 받고 결심했다고 합니다.

'어떤 일이 있어도 오로지 부처님의 길이다. 다음 생에 태어나더라도 스님의 길을 가겠다.'

그는 스승인 일타 스님과 같이 할머니의 사십구재 때 세 손가락을 자르고 오직 수행의 한길을 걸어오신 석종사 금봉선원장이며, 당대 선지식인 혜국 큰스님입니다.

일제강점기에 불교계도 많은 핍박을 받았습니다.
일본 불교의 영향으로 기혼 승려인
대처승이 급증하기도 했습니다.
그런 수난의 시대에
한국 불교의 전통을 지키려고 애쓴
스님들에게 절로 고개가 숙여집니다.

너를 힘들게 한 것이
무엇이냐?

호랑이 굴 옆에서
수행한 구산 스님

효봉 스님의 제자 구산 스님은 수행처로 호랑이 굴 옆을 선택했다고 합니다. 참선 수행하는 수좌에게 가장 큰 적인 졸음과 망상을 쫓기 위해 그곳을 수행처로 마련한 것입니다. 스님은 3년 동안 홀로 밭을 갈아 농사지은 양식을 먹으며 정진했습니다.

어느 날 산짐승들이 밭을 파헤치는 것을 본 스님은 몽둥이를 들고 쫓아갔습니다. 그런데 집채만 한 멧돼지가 스님을 힐끗 노려보더니 다시 밭을 파헤치고 농작물을 먹는 것이 아닙니까.

이때 괴이한 일이 일어났습니다. 토굴에서 호랑이가 나타나 멧돼지를 쫓아 보낸 것입니다.

그 후 호랑이는 스님이 정진하여 깨달음을 얻을 때까지 지켜주었다고 합니다.

두려움 없이 목표를 향해
뚜벅뚜벅 용기 있게 나아가는 것을
용맹 정진이라고 합니다.
호랑이 굴 옆에 수행처를 마련한 스님의 기개에
정신이 번쩍 드는 것은 저뿐일까요?

너를 힘들게 한 것이
무엇이냐?

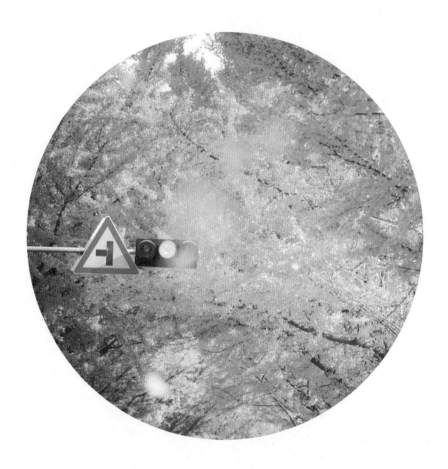

너는 왜 사느냐? _성철 스님

불필 스님은 열세 살 때 삼촌과 함께 아버지인 성철 스님이 수행하던 묘관음사에 처음으로 찾아갔다고 합니다. 당신을 찾아온 딸에게 성철 스님이 소리쳤습니다.

"가라, 가!"

그 순간 불필 스님은 아버지에 대한 환상과 그리움, 혈육의 연을 모두 정리할 수 있었다고 합니다. 스님이 조금이라도 다정했다면 아버지에 대한 집착을 놓지 못했을 텐데, 냉정한 모습에 질려 혈육의 정을 내려놓고 돌아섰다는 것입니다.

세월이 많이 흘러 두 번째로 뵈었을 때, 성철 스님이 불필 스님에게 물었습니다.

"너는 왜 사느냐?"
"저는 행복을 위해 삽니다."

"행복에는 일시적인 행복과 영원한 행복이 있다. 오욕락(식욕·성욕·수면욕·재물욕·명예욕)을 누리는 건 일시적인 행복이고, 부처님처럼 수행해서 도를 깨치면 영원한 대자유인이 될 수 있다."

그 후 불필 스님은 출가하여 대자유인의 길로 나아갔다고 합니다.

소녀 불필에게
성철 스님은 아버지로 보였겠지만,
성장한 뒤에는 부처님으로 보였을 것입니다.
이렇듯 출가란
부모와 자식의 천륜마저
끊어야 하는 비감한 길입니다.

너를 힘들게 한 것이
무엇이냐?

햄릿의 깨달음

어느 날, 제가 아는 큰스님에게 여쭈었습니다.

"스님, 수행이란 도대체 무엇입니까?"

"자네 셰익스피어를 아는가?"

"삼척동자도 압니다."

"그래, 영국인은 인도와 셰익스피어 중에 셰익스피어를 선택하겠다고 했지. 왜 그랬을까?"

"그야 대문호니까요."

"답이 어찌 그 모양이야?"

"그럼 무엇 때문입니까?"

"햄릿 때문이야."

"햄릿 때문이라뇨?"

"어느 날 햄릿은 '죽음이란 무엇인가?' 하고 중얼거렸어. 그 순간 그는 죽음이란 단지 잠자는 것일 뿐이라는 걸 깨달았지. 한 번 자서 모든 고뇌를 끊어버릴 수 있다면 죽음이야말로 진정한 삶의 완성이라는 것을 알았으니까. 그는 마침내 죽음이란 잠드는 것이자, 해탈이요 열반이며, 삶의 완성임을 깨달은 거야."

저는 의문이 들어 다시 여쭈었습니다.

"스님, 그것이 수행과 무슨 관계가 있습니까?"

"인간은 이런 죽음을 비극이라고 생각하지. 수행이란 삶과 죽음을
바로 이해하여 깊고 고통스러운 인간의 고뇌에서 벗어나는 거야."

"정말 어렵군요."

저는 그날 큰스님을 만나고 돌아오면서 내내 '수행이란 무엇인가'
하는 문제를 가지고 헤매었습니다.

옛날 성자들은 삶과 죽음을 초월하고자
끊임없이 수행했습니다.
생로병사의 굴레에서 자유로울 수 없는 게
존재의 숙명이라면,
있는 그대로 받아들이고
마음의 평화를 얻는 게 중요하지 않을까요?

너를 힘들게 한 것이
무엇이냐?

누가 내 상에
노가리를 올렸느냐?

산중에 자리한 암자에서는 보통 닷새에 한 번 장에 갑니다.

어느 날 원효암에서 수행하던 허운 스님이 사미들과 함께 장에 갔습니다. 한 가게 앞을 지나는데 그 집 모퉁이에 걸린 노가리를 보고 사미들이 입맛을 다셨습니다.

'아, 저놈 구워 먹으면 얼마나 맛있을까?'

사미들은 큰스님 몰래 노가리를 한 두름 사서 숯불에 구워 먹자고 합의를 보았습니다. 그런데 웬걸, 암자로 돌아와서는 깜빡 잊고 장거리를 공양주 보살에게 모두 건네주고 말았습니다.

그날 저녁, 공양주 보살은 노가리를 쪄서 맛있게 양념을 바른 뒤 큰스님 상에 올렸습니다.

큰스님은 노가리 쪽에는 눈길 한 번 보내지 않고 상을 물렸습니다. 그러고 나서 상에 노가리가 올라간 까닭을 대중에게 일일이 캐묻기 시작했습니다.

"도대체 그놈의 노가리가 어디에서 나왔느냐? 내 살도 살이고 공양주 살도 살이듯이 저 노가리도 중생의 살이다. 어떤 놈이 노가리를 내 상에 올렸느냐?"

그날부터 사미들은 일주일 동안 귀가 따갑도록 법문을 들었습니다. 참으로 기가 막힌 무한 법문이었습니다.

비구가 지켜야 할 계는 250계,
재가 불자가 지켜야 할 계는 5계입니다.
아무리 사소하게 느껴지는 계율이라도
철저히 지키는 게 수행자의 도리입니다.
계율을 지키는 자체가 수행이니까요.

노스님의
촛불 한 자루 _금화 스님

허운 스님이 행자 생활을 할 때 파계사에는 나무를 깎아 목탁을 만드는 금화 노스님이 계셨습니다. 그분은 시주 받은 물건에 대한 공사가 분명했습니다.

그때만 해도 절에 전기가 들어오지 않아서 개인에게 열흘에 한 번꼴로 초를 나눠주었습니다. 노스님은 한밤중에 초를 두 개 켜두면 해가 있을 때 공부하지 않고 밤에 공부한다고 야단을 쳤습니다.

"초는 부처님께 공양을 올릴 때 쓰는 것인데 쓸데없는 곳에 허비한다."

스님은 초를 나눠주는 날에는 촛농을 받으라고 깡통을 돌렸습니다. 굳은 촛농을 녹인 다음 대나무를 쪼개어 만든 통에 부어 불을 밝힐 정도로 검소했습니다.

옛날 어른들은 당신이 죽을 때 쓸 나무를 심어 키웠습니다. 금화 스님은 태풍 사라가 지나가던 날 넘어진 나무를 모아 장작을 만들어서 마당에 두었습니다. 그러고는 함부로 장작을 쓰지 못하게 늘 감시

했습니다. 스님들이 가끔 불쏘시개로 쓰려고 몇 개 가져갔다가 발각되어 야단을 맞기도 했습니다.

그 나무는 입적 후에 당신의 육신을 화장할 다비목이었습니다. 장작이 어찌나 잘 말랐는지 황금빛이 날 정도였습니다. 살면서 늘 죽음을 준비한 금화 스님은 평생 검소하게 살다가 열반하셨습니다.

스님의 생각에는
우리가 짐작하기 어려운
또 다른 세상이 있습니다.
말로 표현하기 힘든 구도의 여정에는
깊은 감동과 함께
죽비로 내려치는 듯
가슴 서늘한 깨달음이 녹아 있습니다.

밥값 하려고
마당을 쓸었지 _고송 스님

파계사 고송 스님의 생신날, 문도들이 모여서 축하했습니다.

그때 허운 스님이 고송 스님에게 졸랐습니다.

"큰스님, 생신날인데 대중을 위해서 좋은 법문 하나 해주십시오."

"허허, 사람이 태어나는 날 말하는 것 봤나. 생일도 그와 같은데 어떻게 생일날 말을 하느냐."

"그럼 스님이 어떻게 출가했는지 말씀해주십시오."

옛날 스님들은 어린 시절 배가 고파서 무턱대고 출가하거나, 어머니 손에 이끌려 오는 경우가 많았습니다. 그러나 어떤 이에게 출가는 삶의 큰 전환점이 되었습니다.

승가에서 스님에게 출가 동기를 묻는 것은 금기 사항이며, 이를 소상히 밝히기도 힘든 일이지요. 그러다 보니 노스님의 출가기를 듣는 자체로 귀한 시간이라 할 수 있습니다. 허운 스님이 고송 스님에게 생신을 빌미로 출가 동기를 물은 것도 이 때문입니다.

이윽고 고송 스님이 말문을 열었습니다.

"내가 영천이 고향이야. 하루는 친구들하고 파계사에 등산을 왔어. 부처님께 삼배하고 나니 해가 저물지 뭐야. 그 바람에 오도 가도 못하고 절에서 잤지. 그런데 아침에 일어나니 밥을 주는 거야. 그 밥값을 하려고 온종일 마당을 쓸었더니 또 날이 저물더군. 할 수 없이 자고 나서 다시 빗자루를 들었어. 그러다 보니 눌러앉았지."

큰스님들의 출가기를 들어보면
진솔하고 가식 없는 삶이 엿보입니다.
당신은 밥값 하기 위해
지금 어떤 일, 어떤 노력을 하나요?

너를 힘들게 한 것이
무엇이냐?

어떤 비석도
세우지 마라 _청화 스님

청화 스님의 입적을 앞두고 상좌들이 모였습니다.

"내가 죽거든 사리탑도 세우지 말고 비석도 세우지 마라."

"스님, 어찌 그럴 수 있습니까?"

"이놈들아, 비석이나 사리탑이 어디 나를 위한 것이냐? 다 나를 앞세워 너희를 돋보이려고 하는 짓이지. 일체 하지 마라."

며칠 뒤 큰스님이 열반했습니다.

상좌들은 중지를 모아 큰 사리탑을 세우고, 비석 뒤에 자신들의 이름을 새겼습니다. 제자들은 이렇게 변명했습니다.

"청화 스님께서는 평소 어떤 것도 세우지 말라 하셨으나, 상좌의 도리로 어쩔 수 없었다."

어쩌면 비석은 죽은 자보다
산 자를 위한 것인지 모릅니다.
비석을 세우는 것보다
스승이 남긴 가르침을 마음 깊이 새기고
이를 실천하는 일이 중요하겠지요.

잠시 외출할 테니
주지를 맡아주시오 _고암 스님

나주 다보사에 우화 스님이 계셨습니다.

주지인 고암 스님이 우화 스님에게 자리를 물려주려고 했으나, 욕심이 없는 분이라 단칼에 거절했습니다. 고암 스님은 고심 끝에 묘안을 짜냈습니다.

"스님, 내가 잠시 외출할 테니 주지 소임을 좀 맡아주시오."

고암 스님은 그 후 수십 년이 지나도 돌아오지 않았습니다. 우화 스님은 별수 없이 주지를 맡았지요. 우화 스님은 대중을 만날 때마다 고암 스님이 어디 갔는지 물었다고 합니다.

외딴 암자에 들어앉아 성불하겠다고
기도하는 것만 중노릇이 아닙니다.
비록 자신은 공부할 수 없으나
다른 스님의 공부를 위해 맡은 바 소임을 다한다면
그 또한 성불하는 길이 아닐까요?

생사 대사가 급한데
탁발이라니 _우화 스님

우화 스님이 예산의 덕숭산 정혜사에서 수행할 때입니다.

절의 사정이 여간 어려운 시절이 아니어서, 안거를 시작하기 전에 몇 날 며칠 탁발하여 양식을 마련해야 했습니다. 그런데 우화 스님만 탁발을 나가려고 하지 않자 만공 스님이 물었습니다.

"그대는 왜 탁발하러 가지 않는가?"

"생사 대사가 급한데 어찌 탁발을 하러 갑니까?"

만공 스님이 웃으면서 말씀하셨습니다.

"그래, 생사 대사가 급한 사람이 공부를 해야지 어찌 탁발을 하겠는가."

우화 스님의 기개에 만공 스님조차 두 손 들고 말았습니다.

기만은 다른 사람을 무시하는 것이고,
기개는 진취적 기상입니다.
기만은 자신을 한없이 초라하게 만들고,
기개는 자신이 뜻하는 바를 구하는 일입니다.
기개가 없으면 성공할 수 없습니다.

나병 여인과 보낸
하룻밤 _경허 스님

　나병을 앓는 여인이 경허 스님을 찾아왔습니다. 스님은 여인을 자신의 처소로 들어오게 했습니다.

　"자네는 평생 여인이 누리는 재미를 즐기지 못했을 테니 여기에서 생활하시게나."

　하루는 시자인 만공 스님이 경허 스님의 처소에 들었다가, 한 여인이 큰스님의 무릎을 베고 누운 것을 보고 돌아 나왔습니다.

　며칠이 지나 절에 그 소문이 났습니다. 만공 스님은 마지못해 경허 스님에게 말했습니다.

　"큰스님의 무애의 경지는 잘 알고 있습니다. 그러나 절에 말이 많으니 도량이 어지러워질까 두렵습니다. 이제 그 여인을 내보내는 것이 어떨는지요?"

　"알았다."

　경허 스님은 여인에게 말씀하셨습니다.

　"네 복이 여기까지인 것 같으니 어쩔 수 없구나."

마침내 문이 열리고 여인이 밖으로 나왔습니다. 사람들은 나병 걸린 여인을 보고 깜짝 놀랐습니다. 여인은 말없이 절을 나서고, 경허 스님의 진심을 안 사람들은 부끄러워 고개를 들지 못했습니다.

경허 스님은 그 순간 게송을 읊었습니다.

장차 도인을 숨기려는 듯

청산은 깊고 또 깊고

복사꽃은 일없이

고불古佛의 마음을 붉게 토하네.

모두 가까이하기를 거부하는
나병 여인조차 담담하게 품어주신
큰스님의 도량이 놀랍기만 합니다.
늘 시비분별에 휩싸여 살아가는
우리 모습을 돌아보게 됩니다.

너구리의 왕생극락 _원효 스님

원효 스님이 대안 대사를 만났는데, 어미 잃은 너구리 몇 마리를 데리고 있었습니다. 대안 대사는 마을에 들어가 젖을 얻어 올 테니 새끼를 보살펴달라고 부탁했습니다. 그런데 얼마 안 되어 새끼 한 마리가 굶어 죽었습니다.

원효 스님은 너구리의 왕생극락을 바라며 《아미타경》을 읽어주었습니다. 대안 대사가 돌아와 그 모습을 보고 물었습니다.

"지금 무엇을 하는 거요?"

"이놈 영혼이라도 왕생극락하라고 경을 읽어주고 있습니다."

"너구리가 그 경을 알아듣겠소?"

"너구리가 알아듣는 경이 따로 있습니까?"

대안 대사는 너구리에게 젖을 먹이며 말했습니다.

"이것이 너구리가 알아듣는 《아미타경》입니다."

이 세상에 하찮은 생명은 없습니다.
나의 생명이 소중하듯이
모든 존재가 똑같이 소중하다는 것을
잊지 말아야 할 것입니다.
동물을 사랑하는 것은
바로 나를 사랑하는 것입니다.

내 가랑이 사이로 나왔지

일제강점기에 친일한 해광 스님이 법상에 올라 대중에게 설법했습니다.

"삼세제불과 역대 조사가 금일 산승의 입에서 나왔는데 대중은 알겠는가?"

해광 스님은 주장자를 들어 법상을 세 번 내려쳤습니다.

모두 숨을 죽인 가운데 노보살이 손을 들고 말했습니다.

"해광, 삼세제불과 역대 조사가 네 입에서 나왔다면 너는 어디에서 나온 물건인가?"

노보살은 존칭을 붙이지 않고 말이 거침없었습니다. 그 당당한 기세에 눌려 해광 스님은 얼굴이 붉으락푸르락했습니다.

그때 한 수좌가 일어나 외쳤습니다.

"노보살의 말에 답하지 못했으니 주지 스님은 법상에서 내려오시지요."

이 말에 해광 스님이 크게 화내면서 말했습니다.

"그럼 노보살이 말해보시오."

"어디로 나오기는, 내 가랑이 사이로 나왔지."

그 순간 법당은 웃음바다가 되었습니다.

깨달음은 멀리 있는 게 아닙니다.
바로 내가 누구인지 자각하는 것입니다.
당신은 누구이며,
어디에서 와서 어디로 가고 있나요?

음식을 대하는 마음

인도 사위국의 바사닉 왕이 부처님을 찾아갔습니다. 왕은 속이 거
북한 듯 안절부절못했습니다. 그는 평소 과식하는 버릇이 있었는데,
그날도 음식을 양껏 먹고 부처님을 뵈러 온 것입니다.

부처님은 미소 띤 얼굴로 바사닉 왕에게 시를 한 수 지어주었습니다.

사람은 스스로 헤아려
양을 알고 음식을 들어야 한다.
이를 알면 괴로움도 적고
몸도 늙기를 멈추어
천수를 다하리라.

왕은 부처님이 들려준 시구를 듣고 시중을 드는 소년에게 말했습
니다.

"웃타라야, 방금 부처님께서 불러주신 시구를 내가 식사할 때마다
외워라. 그러면 너에게 날마다 백 냥을 주겠다."

그 후 소년은 왕이 식사할 때마다 시를 읊었고, 왕은 차츰 소식을
해서 살이 빠지고 몸도 건강해졌다고 합니다.

요즘은 못 먹어서 병이 나기보다
많이 먹어서 탈이 납니다.
무엇을 먹는가보다
어떻게 먹는가가 중요합니다.
음식을 대하는 마음,
수행의 첫 관문입니다.

4부

네 마음의
주인이 누구냐?

온화한 마음으로 성냄을 이겨라.
착한 일로 악을 이겨라.
베푸는 일로 인색함을 이겨라.
진실로 거짓을 이겨라.

《법구경》

죽음이 없는 곳 _용아 선사

한 수행자가 용아 선사에게 여쭈었습니다.

"스님, 죽음을 피하려면 어떻게 해야 합니까?"

"죽음이 없는 곳으로 가라."

"그곳이 어디며, 어떻게 가야 합니까?"

용아 선사가 자신을 가리키며 말했습니다.

"내가 죽음이 없는 그곳으로 간 사람이다."

"스님은 어떻게 그곳으로 가셨습니까?"

"허허, 너도 나처럼 하면 된다."

용아 선사는 가부좌를 틀고 깊은 참선에 들었습니다.

깨달음과 어리석음은
나를 아느냐, 모르냐 하는 차이입니다.
현재의 나를 정확히 보는 사람은
더 나은 미래를 볼 수 있습니다.

네 마음의
주인이 누구냐?

한 호흡 사이에 달렸다 _경허 스님

경허 스님이 계룡산 동학사에서 수행할 때입니다.

하루는 사미가 공부하다 문득 의문이 생겨 경허 스님에게 달려가 여쭈었습니다.

"큰스님, 경전을 보니 사람의 목숨은 한 호흡 사이에 달렸다고 합니다. 이것이 대체 무슨 뜻입니까?"

경허 스님이 물었습니다.

"너, 올해 나이가 몇인고?"

"열한 살입니다."

"이리 가까이 오너라."

사미가 가까이 오자 스님은 갑자기 두 손으로 사미의 코를 틀어막았습니다. 스님은 사미가 숨이 막혀 발버둥치는 것을 보고 손을 놓았습니다.

사미가 눈물이 그렁한 얼굴로 볼멘소리를 했습니다.

"스님, 죽을 뻔했습니다."

"허허, 이제 알겠느냐? 숨을 쉬지 못하는 것이 죽음이다. 그러니 숨을 들이쉬고 내쉬는 잠깐 사이에 사람의 목숨이 달렸다. 사람들이 이를 모르고 한없는 탐욕에 찌들어 사는 것이다."

사미는 그제야 선의 경지를 깨달았습니다. 그가 바로 수덕사의 만공 스님입니다.

삶과 죽음은
한 호흡에 갈라집니다.
찰나에 목숨이 오고 가는 셈이지요.
그런 존재인 줄 모르고
탐욕에 찌들어 사는 모습이
부끄럽지 않은가요?

시인의 뉘우침 _성철 스님

미당 서정주 시인이 해인사를 찾아가 성철 스님께 여쭈었습니다.

"스님들은 이성에 대한 욕망의 불꽃을 어떻게 다스립니까?"

당대 큰스님에게 던진 깜짝 놀랄 만한 질문입니다.

성철 스님은 눈썹 하나 꿈쩍하지 않고 대답했습니다.

"나이 많은 여인을 보거든 어머니라 생각하고, 중년 여인을 보거든 누님이라 생각하고, 어린 처녀를 보거든 딸이라고 생각하시오. 이렇게 하면 당신 같은 들짐승도 마음을 조복調伏하여 순일해질 것이오."

미당은 말없이 고개를 숙였다고 합니다. 자신이 들짐승 같은 질문을 한 것을 깨달았기 때문입니다.

아무리 아리따운 여인이라도
죽으면 그 몸뚱이를 시체라 하여
모두 피하고 두려워합니다.
결국에는 악취를 풍기며 썩어갈
몸뚱이에 집착할 이유가 있을까요?

비구 법정의 유언

"이제 시간과 공간을 버려야겠다."

2010년 이른 봄, 입적을 앞두고 법정 스님이 제자들에게 남긴 말입니다. 유언의 내용은 다음과 같습니다.

"많은 사람들에게 수고만 끼치는 장례 의식을 일절 행하지 말고, 관과 수의를 따로 마련하지도 말며, 남에게 방해가 되지 않는 곳에서 지체 없이 평소 입던 승복 상태로 다비하고, 사리를 찾으려 하지 말고 탑도 세우지 마라."

다비한 뒤에는 스님이 가꾸던 오두막의 뜰에 재를 뿌려달라고 했습니다. 그렇게 법정 스님은 송광사 불일암의 후박나무 아래와 길상사의 소박한 뜰에서 영원한 안식에 들었습니다. 불일암에 가면 법정 스님이 심고 가꾼 후박나무와 생전에 만들어 사용한 의자가 있습니다. 스님의 육신은 사라져도 그 가르침은 귓가에 선연합니다.

선지식은 육신이 있으나 없으나
그 가르침이 한결같습니다.
이것이 삶의 좌표가 아닐까요.
당신은 어떤 삶의 좌표를 찾고 있나요?

실체가 없는 마음 _달마대사

달마대사가 9년 동안 면벽 수행을 할 때입니다.

어느 날 혜가 스님이 도를 깨치기 위해 대사를 찾았습니다. 마침 소림굴에 눈이 내리는데, 대사는 혜가 스님의 인기척에 미동도 하지 않았습니다. 혜가 스님은 대사의 면벽 수행이 끝나기만 기다렸는데, 어느새 눈이 허리춤까지 쌓여 온몸이 얼어붙었습니다.

다음 날 아침, 대사가 혜가 스님을 향해 고개를 돌리며 물었습니다.

"자네는 누구며, 어떻게 왔는가?"

"도를 구하러 왔습니다."

"도를 구하러 왔다고?"

"네, 스님. 제가 원하는 바는 없습니다. 다만 지금 몹시 불안합니다. 저도 수행을 한다고 하지만 바른길을 알지 못하며, 가는 길을 모릅니다."

"언제부터 있었느냐?"

"하루가 지났습니다. 눈이 온몸을 덮었습니다."

대사는 깊은 생각에 잠겼다가 말문을 열었습니다.

"네 불안한 마음, 초조한 마음을 가져오너라."
"그것은 형상이 없어 드릴 수가 없습니다."
"지금까지 너에게 있던 초조하고 불안한 마음은 이 순간 사라졌다. 내가 지금 그것들을 없앴노라."

혜가 스님은 자신을 옭아매던 초조하고 불안한 마음이 사라졌음을 느꼈습니다. 스님의 불안하고 초조한 마음은 실체가 없는 것이었습니다. 그때부터 혜가 스님은 달마대사의 첫 제자가 되었습니다.

한 생각을 돌이키면
모든 것이 제자리로 돌아옵니다.
지금 외롭거나 괴롭거나 절망에 빠졌다면,
이는 그 무엇도 아닌
당신의 마음이 빚어낸 것이 아닐까요?

네 마음의
주인이 누구냐?

우화 스님과 도둑

우화 스님이 계신 다보사에 도둑이 들었습니다. 당시 절에서는 법당 불사를 위해 몇 년 동안 불사금을 모으고 있었습니다.

복면을 쓴 도둑이 칼을 들고 스님을 위협했습니다.

"법당을 지으려고 모은 돈이 있지요? 어서 내놓으시오."

"돈은 있지만 내놓을 수 없소."

"내가 스님을 죽일지도 모르겠소."

"할 수 없지. 지난 몇 년 동안 불사를 위해 아끼고 아낀 것이라 나를 죽여도 내놓을 수 없소. 죽이든지 살리든지 마음대로 하시오."

스님과 도둑이 한참 동안 실랑이하다 보니 어느덧 새벽이 되었습니다.

마침내 도둑이 눈물을 흘리며 말했습니다.

"스님 같은 분은 처음 보았소."

"이보시오, 건장하고 멀쩡하게 생긴 사람이 내게 돈을 내놓으라면 어떻게 내놓겠소?"

"스님, 식구들이 굶어 죽어가고 있습니다. 제발 좀 주시오."

"그럼 내가 빌려드리겠소."

가족이 굶고 있다는 말에 차마 도둑을 그냥 돌려보낼 수 없었습니다. 스님은 그에게 돈을 얼마간 쥐여 주었습니다.

그로부터 몇 년 뒤, 도둑은 스님께 참회하고 그때 받아 간 돈을 다 갚았다고 합니다.

타고난 품성을 바꾸기는 쉽지 않습니다.
하지만 감동을 주는
사람 앞에서는 바뀔 수 있습니다.
타인의 마음을 움직이는 사람이야말로
부처입니다.

마음의 눈 _종범 스님

허운 스님이 경산 원효암에서 종범 스님을 모시고 수행할 때입니다.

종범 스님은 대중이 모인 자리에서 늘 엉뚱한 방식으로 벌을 주었다고 합니다. 여름날 뜰에 풀이 무성한 것을 보면 야단을 치다가, 어느 날은 풀이 말끔하게 뽑힌 뜰을 보고 대체 어떤 놈이 풀을 뽑았냐고 야단을 쳤습니다.

"풀도 우리와 함께 사는 친구고 중생이고 부처다. 그런 풀을 함부로 뽑아서야 되겠느냐. 너희는 그 죄로 풀 대신 마당에 서 있어라."

풀이 자라면 풀을 뽑지 않는다고 혼내고, 어느 때는 풀을 뽑았다고 혼내고… 대중은 도저히 큰스님의 마음을 맞출 수가 없었습니다.

허운 스님은 결국 은사인 성우 스님을 찾아가 자초지종을 말했습니다.

"너희가 아직 마음의 눈이 열리지 않아서 그렇다. 그러나 지금 너는 수행의 견처見處가 상승하고 있다. 근기가 부족해 따라가지 못하고 있을 뿐이지. 어서 원효암으로 돌아가거라."

허운 스님은 은사의 말씀을 듣고 큰 깨우침을 얻었습니다.

중생의 눈으로 보고
중생의 마음으로 분별함을 꾸짖는
큰스님의 경책입니다.
큰스님은 제자가 '마음의 눈'을 뜨기
바라신 것 아닐까요?

살인자도 깨달으면
성자가 된다

부처님이 세상에 계실 때입니다.

코살라 왕국의 사바티에 브라만 마니발타라가 제자 오백여 명을 거느렸는데, 그중에 앙굴리말라라는 큰 제자가 있었습니다. 그는 젊고 외모가 준수해서 여러 사람에게 인기가 있었습니다.

어느 날 브라만이 출타한 사이, 그의 부인이 앙굴리말라를 유혹하려다 거절당했습니다. 부인은 앙심을 품고 앙굴리말라가 자신을 겁탈하려 했다고 남편에게 거짓말했습니다.

브라만은 부인의 말만 믿고 앙굴리말라에게 벌을 내렸습니다.

"너는 아침 일찍 거리로 나가 하루 동안 백 명을 죽여라. 그리고 그 사람들의 손가락으로 목걸이를 만들어서 목에 걸어라. 그러면 도를 이룰 것이다."

앙굴리말라는 곧 칼을 들고 거리로 나가 보이는 대로 사람들을 해치기 시작했습니다. 순식간에 아흔아홉 명이 그의 칼날에 목숨을 잃었습니다. 앙굴리말라는 그 소문을 듣고 울며 달려온 어머니마저 죽이려고 칼을 뽑았습니다.

이때 부처님이 앙굴리말라를 가로막았습니다.

앙굴리말라는 다시 칼을 높이 들고 부처님에게 달려들었습니다. 부처님은 천천히 걸었으나 앙굴리말라는 도저히 쫓아갈 수 없었습니다.

앙굴리말라가 숨을 헐떡이며 소리쳤습니다.

"사문아, 꼼짝 말고 게 섰거라!"

"나는 이미 오래전부터 머물러 있는데 그대는 어찌하여 멈추지 못하는가?"

앙굴리말라는 멈칫하며 부처님에게 물었습니다.

"당신은 걸어가면서도 머물러 있다 말하는데 그게 무슨 뜻이오?"

"나는 이미 진리에 머물러 있으나 그대는 진리를 보지 못했기에 악행을 멈추지 못하는구나."

앙굴리말라는 정신이 번쩍 들었습니다. 들고 있던 칼을 내던지고 무릎을 꿇고 참회했습니다.

"저는 아흔아홉 명을 죽인 살인마입니다. 그동안 저지른 악행을 깊이 뉘우치며 이제 출가 사문이 되고자 합니다."

"그대는 아무도 죽이지 않았다."

"어찌 그러하옵니까?"

"네가 저지른 일은 여래 이전에 행한 일이니라."

이렇게 해서 희대의 살인마 앙굴리말라는 부처님의 제자가 되었습니다.

악인이라도 착한 마음을 먹으면
부처가 될 수 있습니다.
자기 잘못을 진심으로
뉘우치는 것이 중요합니다.
우리의 마음은 형태도, 빛깔도 없지만
세상만사를 움직이는 힘이 있습니다.

네 마음의
주인이 누구냐?

고무줄 법문 _만암 스님

국 참봉이라 불리는 큰 부자가 만암 스님에게 법문을 청했습니다. 옛날에는 마을 유지들이 스님을 집에 모셔다가 법문을 청하는 일이 많았습니다.

국 참봉이 만암 스님에게 말했습니다.

"스님, 늙어서인지 마음이 뒤숭숭합니다."

"무엇 때문에 그렇습니까?"

"흉년이 들어 마을에 도둑이 들었기 때문입니다."

"허허, 그게 가진 사람의 마음입니다. 흉년이 들면 도둑 걱정, 물난리가 나면 물 걱정, 늙으면 재산을 어떻게 할까 걱정… 그러니 어찌 마음이 편안하겠습니까?"

"스님은 말씀을 편하게 하십니다. 그 편한 마음으로 법문을 해주십시오."

"허, 법문은 무슨…. 내 오늘 직접 눈으로 보고 들은 이야기나 하나 하지요."

"오시다 무엇을 보셨습니까?"

"마침 방물장수를 보았는데 그 사람이 고무줄을 팔고 있더이다."

당시만 해도 마을마다 돌아다니는 방물장수가 많았는데, 고무줄은 귀한 물품에 속했습니다.

"저도 고무줄을 보았는데 당기면 늘어나는 게 매우 신기했습니다."

만암 스님이 말씀하셨습니다.

"그러게 말입니다. 고무줄은 늘어나는 것뿐만 아니라 줄어드는 데도 묘미가 있습니다."

국 참봉이 말을 받았습니다.

"그렇지요. 늘어나기만 하는 고무줄은 아무 쓸모가 없지요."

"세상 모든 것이 그렇습니다. 재물도 모으면 늘어나기만 하는 고무줄과 같고, 아끼면 줄어들기만 하는 고무줄과 같습니다."

국 참봉은 스님의 법문을 듣고 무릎을 탁 쳤습니다. 고무줄이 한없이 늘어지면 결국 끊어진다는 이치를 깨달은 것입니다. 그는 더없이 편안한 얼굴로 말했습니다.

"허허, 스님은 고무줄 하나로 저를 깨닫게 하십니다."

세상에 영원한 것은 없습니다.
인생의 불행은 영원할 거라 믿고
집착하는 데서 비롯됩니다.
마음속에 뿌리내린 집착을 끊어버릴 때
비로소 평안을 얻을 수 있습니다.

백 척 장대 끝에서
한 걸음 더 _춘성 스님

춘성 스님에게 제자가 질문했습니다.

"백척간두에서 한 발 더 내디디면 그다음 경계는 무엇입니까?"

스님이 대답했습니다.

"이 녀석아! 내가 떨어져봤어야 알지."

백척간두진일보, 김구 선생이
《백범일지》에서 자주 쓴 말입니다.
백 척 장대 끝에서 의심과 두려움을 물리치고
한 걸음 더 나아가면
새로운 세계가 열리지 않을까요?

그대 몸뚱이의
주인은 누구인가? _구산 스님

구산 스님이 송광사에 계실 때 일본 여인 두 명이 찾아왔습니다.

스님은 차를 마시며 여인들에게 물었습니다.

"당신들은 주인이 있는 몸인가, 없는 몸인가?"

한 여인이 대답했습니다.

"저는 주인이 일본에 있습니다."

다른 여인이 대답했습니다.

"저는 미혼이라 주인이 없는 몸입니다."

스님은 여인들이 하는 말을 잠잠히 듣고 말씀하셨습니다.

"몸뚱이를 끌고 다니는 이가 주인이 있다고 하고 없다고 하니, 그대들이 어찌 산목숨이라고 할 수 있는가. 남편은 이승의 배우자에 지나지 않는다. 그러니 주인이라 할 수 없다. 몸뚱이가 있기 전이나 사라진 뒤에도 남은 주인을 찾아야 산목숨이라 할 수 있다."

여인들은 귀를 쫑긋 세우고 스님의 법문을 들었습니다.

"내 주인을 다른 데서 찾으면 안 된다. 내 마음의 주인을 찾는 것이 바른 인생공부이자 마음공부다. 제 주인인 마음을 찾아야 한다. '이 뭣고' 화두를 줄 테니, 자나 깨나 이 화두를 잊지 마라."

여인들은 스님께 큰절하고 그날부터 화두를 참구했다고 합니다.

'나'라는 존재는 과연 무엇일까요?
'나'는 누구이며 어디에서 왔을까요?
내가 누구인지도 모르는데
어떻게 남을 위해 살 수 있을까요?
지금부터 '나'를 찾아보세요.

내 마음이 부처다 _월서 스님

부처님 오신 날에 신도들이 찾아와 등을 달고, 월서 스님에게 법문을 청했습니다.

"왔는가. 평소에는 코빼기도 보이지 않던 사람들이 오늘은 왜 이리 많이 왔는가."

월서 스님이 한 보살에게 물었습니다.

"오늘 무엇 때문에 왔어?"

"부처님 오신 날이라 등을 달러 왔지요."

"그래? 등은 왜 달아? 남편이나 아이 생일에도 등을 달아. 그래야 복을 받지."

보살은 머리를 갸우뚱했습니다.

"내 마음이 부처이니 내 안에 있는 부처를 찾아야 한다. 보살이 바로 부처고, 남편과 아이들이 부처다. 보살과 남편, 아이들이 태어난 날이 부처님 오신 날이다."

세상에서 가장 소중한 사람은 당신입니다.
당신이 태어난 날이 부처님 오신 날이고,
아내와 남편, 자식이 태어난 날이
부처님 오신 날입니다.
이는 당신이 부처가 되어야 한다는
역설이기도 합니다.

나도 하버드를 나왔어 _각산 스님

최근 우리나라에 명상 열풍을 몰고 온 참불선원 선원장 각산 스님이 미국 하버드대학교에 초청받아 갔습니다. 각산 스님은 세계적인 명상가로 알려진 아잔 브람 스님의 유일한 한국인 제자입니다.

각산 스님이 함께 방문한 노스님에게 말씀하셨습니다.

"스님, 요즘 한국의 서점가에선 하버드를 나온 스님 책이 엄청나게 인기라고 하네요. 예전에도 눈이 푸른 스님이 이 학교를 졸업하고 한국으로 출가하여 쓴 책이 베스트셀러가 된 적이 있지요."

노스님이 대답하셨습니다.

"그래, 불교를 위해선 정말 좋은 일이지. 이보다 경사스런 일이 어디 있겠나. 그런데 그 내용이 도대체 뭐지?"

"상처 받은 사람이나 고통에 시달리는 현대인의 마음을 위로해주는 내용인가 봅니다."

노스님이 고개를 살랑살랑 흔들면서 물었습니다.

"글이 얼마나 좋기에 수십만, 수백만 부나 팔리는가?"

"내용이 참 좋지요. 그런데 두 분 다 하버드대학교를 나왔어요. 책을 내자마자 엄청난 베스트셀러가 되었대요. 하버드 학벌이 좋기는 좋은가 봐요."

정문에 도착한 두 스님은 하버드대학교 안으로 들어갔습니다.

각산 스님은 정문을 거쳐서 순식간에 후문으로 빠져나왔습니다. 그리고 내뱉은 말이 걸작입니다.

"저는 하버드를 제일 빨리 나온 사람이에요. 내 책도 베스트셀러가 되겠습니다. 하하하."

두 스님은 마주 보며 미소 지었다고 합니다.

이 이야기를 듣고 같이 있던 후배와
배꼽을 쥐고 박장대소했습니다.
두 스님의 대화가 우리에게 주는
가르침은 무엇일까요?
이 이야기를 듣고
당신은 무슨 생각이 드나요?

네 마음의
주인이 누구냐?

청담 스님과 영부인

박정희 대통령 재임 시절, 육영수 여사가 청담 스님이 계신 도선사에 불공을 드리러 왔습니다.

일주일 동안 정성스럽게 기도를 마치자, 청담 스님은 육영수 여사에게 '대덕화大德花'라는 법명을 주며 보살계를 내렸습니다.

"대덕화야, 너는 이제부터 보살행을 잘 닦아야 한다."

"어떻게 하는 것이 보살행입니까?"

"남을 즐겁게 하고 남을 위해 사는 것이 보살이다."

육영수 여사는 스님의 말씀에 고개를 끄덕이다가 웃으면서 나직이 말했습니다.

"그런데 큰스님, 제가 하나 여쭐 것이 있습니다."

"무엇을?"

"큰스님께서는 대통령의 부인에게 왜 너라고 하십니까?"

큰스님이 웃으면서 말씀하셨습니다.

"그래, 대통령 부인 대접을 제대로 해줄 테니 받아보겠느냐?"

"아닙니다, 큰스님. 제가 어리광을 피워본 것입니다. 큰스님, 여기에서 며칠 더 묵었으면 좋겠는데…."

큰스님이 말씀하셨습니다.

"허허, 그러다가 너 집에서 아주 쫓겨나면 어쩌려고. 이제 그만 산을 내려가라."

부처님의 법 앞에서는 모두 평등합니다.
어떤 차별도 없는 것이 부처님의 법입니다.
바르게 믿고 실천하면
누구나 부처가 될 수 있습니다.
저도 그렇고, 당신도 그렇습니다.

첫마디가 행복 _틱낫한 스님

몇 해 전, 세계적인 불교 지도자이자 평화운동가로 잘 알려진 틱낫한 스님이 뇌출혈로 쓰러져 많은 이들을 안타깝게 했습니다.

그 후 의료진의 집중치료를 받아오던 스님이 의식을 되찾은 뒤 꺼낸 첫마디가 모두를 깜짝 놀라게 했습니다.

"행복!"

마치 아기가 어머니의 태에서 힘차게 나오며 '응애' 하고 울듯이, 세상의 빛을 다시 찾은 스님의 입에서 나온 첫마디는 '행복'이었습니다.

그 순간 곁에 있던 의료진은 스님이 마치 유도명상을 하는 것 같아서 모두 울고 웃었다고 합니다.

문득, 시인이기도 한 틱낫한 스님의 시가 떠오릅니다.

꽃은 꽃 그대로가 아름답다

너도 너 그대로가 아름다움인데

왜 다른 사람에게서 너를 찾으려고 하는가?

'지금 이 순간 존재한다'는 사실만으로도 우리는 충분히 아름답고 행복합니다. 틱낫한 스님이 죽음의 문턱에서조차 놓치지 않은 '행복'의 진정한 의미를 생각해보게 됩니다.

당신이 원하는 행복은 무엇인가요?
행복은 멀리 있지 않습니다.
당신의 내면이 아닌 다른 곳에서
행복을 찾으려 하지 마세요.
이것이 우리가 마음 다스리는 공부를
해야 하는 이유입니다.

감자나 먹고 가게 _활안 스님

한 보살이 법문을 듣기 위해 송광사 천자암에 계시는 활안 스님을 찾아갔습니다.

공양주 보살이 찐 감자를 내놓았는데, 스님이 그중에서 노란 감자를 들고 법문하셨습니다.

"내가 감자밭에서 변을 봤는데 그 자리에서 나온 것이야. 맛이 기막히지. 보살도 감자나 먹고 어서 내려가."

세상에 존재하는 모든 것은
공생하는 관계입니다.
큰스님의 법문을
어찌 다 이해할 수 있겠습니까마는,
실로 새와 꽃들이 놀랄 만한 법문이 아닌가요.

네 마음의
주인이 누구냐?

소를 때려야 하나,
수레를 때려야 하나? _회양 선사

옛날 중국에 마조도일이라는 훌륭한 선사가 계셨습니다.

어느 날 마조 선사가 선방에 앉아 공부하는데, 은사인 회양 선사가 물었습니다.

"마조야, 지금 무엇을 하려고 앉아 있느냐?"

"참선을 하려고 합니다."

"참선을 해서 무얼 하려고?"

"부처가 되고자 합니다."

제자의 이야기를 들은 회양 선사는 마당에 있는 기왓장을 갈기 시작했습니다.

참선에 방해가 되어 참다못한 마조 선사가 말했습니다.

"스님, 정진을 하는데 어찌 훼방을 놓으십니까?"

"기왓장을 매끈하게 갈아서 거울을 만들려고."

"기왓장을 갈아서 어찌 거울이 되겠습니까?"

회양 선사가 제자의 말을 받아쳤습니다.

"여기 소와 수레가 있다. 소를 때려야 가겠느냐, 수레를 때려야 가겠느냐?"

그 순간 마조 선사는 큰 깨달음을 얻었다고 합니다.

소를 때려야 할까요, 수레를 때려야 할까요?
뻔한 물음 같지만
이렇듯 평범한 진리가 위대합니다.
진리를 알고도 행하지 않는 건 아닌지
자신을 돌아볼 일입니다.

탄허 스님의 평등 법문

탄허 스님에게 한 보살이 찾아와 여쭈었습니다.

"큰스님, 부처님의 법은 무엇을 강조한 것입니까?"

"평등이지."

보살이 다시 말했습니다.

"평등이란 무엇을 두고 하시는 말씀입니까?"

"차별심과 분별심을 버리는 일이지."

"스님, 어려우니 쉽게 말씀해주십시오."

"허허, 그 보살 공부 좀 하래도. 집에 있는 조리는 무얼 하는 데 쓰는가?"

"돌 같은 이물질을 가려내는 데 쓰는 물건이지요."

"그럼, 바가지는 뭐 하는 데 쓰지?"

보살은 웃으며 참 별걸 다 물어보신다는 투로 대답했습니다.

"바가지는 물 뜨는 데 사용하지요."

"그렇지, 그 보살 바보인 줄 알았는데 잘 아네. 평등이란 조리는 물이 새야 하고, 바가지는 물이 새지 않아야 하는 것이라네."

보살은 그래도 이해가 되지 않는지 꾸벅 절하고 돌아갔습니다.

학생은 열심히 공부하고,
의사는 병든 이를 고치고,
경찰은 범죄 없는 사회를 만드는 것.
자기 자리에서 본분을
다하는 것이 바로 평등입니다.

불교의 무죄론 _성철 스님

성철 스님이 대중을 모아놓고 법문하셨습니다.

"사람들은 자기가 부처인지도 모르고 중생이라 한다. 다만 자기가
중생이라고 생각하는 것을 보면, 이 또한 자기가 원래 부처라는 것을
알기 때문이다. 금은 착각하여 아무리 잡석이라 불러도 금인 것처럼,
사람들은 자기가 가진 진금眞金이 무엇인지 모르고 살아간다.

그러면 어떻게 자기의 진금을 찾을까? 참회와 깨달음을 통해서 알
수 있다. 본래 불교에서는 죄가 없다. 죄는 모든 망령된 착각에서 오
고, 착각에서 깨어나면 모든 죄는 소멸된다. 이것이 바로 불교의 무
죄론이다."

바른 생각을 하면 부처가 되고,
어리석은 생각을 하면 곧 중생입니다.
우리는 하루에도 몇 번씩
부처가 되었다가 중생이 되었다가 합니다.
내 안의 진금인
마음을 잘 다스려보세요.

부처에게 물어봐라 _진효 스님

제가 진효 스님께 여쭈었습니다.

"산다는 것은 무엇입니까?"

"코 푸는 거지."

"그럼 죽음이란 무엇입니까?"

"코 풀기를 그만두는 거지."

"사람은 죽으면 환생합니까?"

"부처님에게 물어봐라."

저는 그리운 사람을
만나러 갈 때 가장 행복합니다.
제가 정말 좋아하는 진효 스님께
다시 한 번 가서
죽음에 대해 물어볼 작정입니다.
그때도 부처님에게 물어보라고 하실까요?

네 마음의
주인이 누구냐?

빗방울의 수를 아시나요?

몇 년 전, 밀양 어느 암자에 일이 있어 하룻밤을 청했습니다. 그때 저는 세상의 아름다운 인연을 경험했습니다.

한 비구니 스님의 시선을 느꼈는데, 그녀는 초등학생 시절 우리 반 여학생이었습니다. 뜻하지 않은 만남으로 마음이 걷잡을 수 없이 설레었습니다. 어릴 적 그녀와 저의 추억을 떠올리려고 애썼습니다.

그날 저녁, 스님이 제게 차를 권하면서 물었습니다.

"처사님, 옛날 생각을 하지 말고 그대로 두세요."

저는 움찔했습니다.

스님이 말을 이어갔습니다.

"처사님, 빗방울의 수를 아시나요?"

"네? 빗방울의 수를 어떻게 알겠습니까? 수억, 수천억 개가 넘겠지요."

스님의 뜬금없는 질문에 말문이 막혔습니다.

스님은 찻잔을 내려놓고 천천히 입을 열었습니다.

"아직 법을 모르시는군요. 물방울은 하나입니다. 물은 모든 것이 하나이기 때문입니다."

"그렇군요."

"부처님의 법 또한 하나입니다. 그와 같이 만물도 하나입니다."

우주 만물은 그물처럼 서로 얽혀 있습니다.
나와 세상 모든 것이 한 몸,
한 생명이라는 말이지요.
중생과 부처도 둘이 아닙니다.
생각을 돌이키면
누구나 부처가 될 수 있으니까요.

인因이 연緣을 만나
고苦를 만들다

어느 날 유명 스타들이 자살한 것을 보고, 어떤 큰스님께 여쭈었습니다.

"아까운 젊은이들이 스스로 목숨을 버리니 어찌 해야 할까요?"

"쯧쯧… 그러게 말이다."

"가는 사람도 그렇지만 남은 가족의 충격이 엄청나다고 하던데요."

"인因이 연緣을 만나 고苦를 만들다가 죽음에 이르게 한다. 너는 이제 연을 만들지 마라."

이것이 있으므로 저것이 있고,
이것이 없으면 저것도 없습니다.
괴로움의 씨앗을 뿌리면
고통이 따라옵니다.
당신은 어떤 인연을 만들 건가요?

진실한 사랑을 하세요

어느 날, 한 비구니가 부처님의 제자인 아난다를 찾아와 간청했습니다.

"한 비구니가 병이 들어 앓고 있습니다. 그 비구니는 아난존자께 공양을 올리고 설법을 듣고자 하오니, 부디 한 번 찾아와 설법을 해주십시오."

아난다는 비구니가 있는 거처를 찾았습니다.

비구니는 멀리서 아난다가 걸어오는 것을 보자, 가슴을 풀어 헤치고 맨살을 드러낸 채 방바닥에 누웠습니다. 비구니는 아난다를 연모해서 상사병에 걸린 것입니다.

이를 눈치 챈 아난다는 얼른 감관感官의 문을 닫고 그 자리에 멈췄습니다. 무안해진 비구니는 자리에서 일어나 옷매무새를 고쳤습니다. 그리고 아난다 앞으로 다가가 무릎을 꿇었습니다.

아난다는 그녀를 가엾게 여겨 설법을 시작했습니다.

"그대여, 이 몸은 세상에 나서 음식과 교만으로 자라났으며, 탐욕과 음욕으로 자라난 것입니다. 부처님의 제자들은 몸을 보존하기 위해 음식을 먹고, 욕망과 집착을 끊어버리기 위해 항상 깨끗한 행실을 닦아야 합니다. 마치 수레를 끄는 상인이 길을 가기 위해 바퀴에 기름칠을 하는 것처럼 말입니다."

아난다는 설법을 이어갔습니다.

"모든 일은 분수를 헤아려 집착과 애착을 없애야 합니다. 마음에 교만과 애욕과 탐욕이 일어날 때는 모든 번뇌가 다하여 해탈한다고 생각해야 하며, 다시 윤회의 삶을 살지 않아야 합니다.

그런데도 나는 왜 아직 여기에서 벗어나지 못하는지 자기를 돌아보아야 합니다. 그대가 이렇게 생각한다면 마음의 병이 낫고, 마침내 모든 욕망에서 벗어날 수 있을 것입니다."

아난다의 설법을 들은 비구니는 깊이 참회했습니다.

"제가 어리석고 바르지 못해 존자님께 큰 잘못을 저질렀습니다. 이제 모든 잘못을 고백하고 참회하오니 부디 저를 가엾게 여겨주소서."

그 후 비구니는 올곧은 수행자로 거듭났다고 합니다.

"사랑하는 사람을 만들지 마라.
미운 사람도 만들지 마라.
사랑하는 사람은 못 만나서 괴롭고,
미운 사람은 만나서 괴롭다."
《법구경》

정말로 사랑하려거든
집착 없이 사랑하세요.

네 마음의
주인이 누구냐?

부자의 귀향

예전에는 큰 부자였으나 가세가 기울어 가난해진 사람이 있었습니다. 마을 사람들과 친척마저 그를 업신여겼습니다.

몇 년 뒤, 그가 고향을 떠나 많은 재물을 벌어서 금의환향하는 길이었습니다. 그는 일부러 누더기를 입고 행렬의 맨 앞에서 걸었습니다. 마을 사람들과 친척들이 알아보지 못하고 그가 어디에 있는지 물었습니다.

행렬에 있는 사람이 대답했습니다.

"맨 뒤에 오시는 분이 그분입니다."

사람들은 긴 행렬의 뒤로 달려갔습니다.

"주인님은 어디에 계시는가?"

하인들이 대답했습니다.

"맨 앞에서 누더기를 입고 걷는 분입니다."

사람들이 누더기를 입은 사람에게 달려가서 보니 그가 틀림없었습니다.

"당신을 영접하기 위해 일부러 기다렸는데 어찌 거짓말을 했습니까?"

"그대들은 행렬 끝에 있는 수레의 재물을 기다린 게 아닙니까? 그러니 영접 받아야 할 건 내가 아니라 수레에 실린 재물이지요."

《대장엄론경大莊嚴論經》에 나오는 이야기입니다.
예나 지금이나 재물에 집착하는
인간의 마음은 변함없는 모양입니다.
당신은 지금 무엇이 실린 수레를
따라가고 있나요?